ひよっこ家族の朝ごはん

お父さんとアサリのうどん

汐見舜一

富士見L文庫

ひとりで食べる食事があまりにも味気なくて、朝食を摂《と》る習慣を何度捨てようと思ったことか。

結城皐月《ゆうきさつき》はもともと、朝食を食べる類《たぐい》の人間ではなかった。人が朝の時間を節約しようと思ったとき、まず初めに削られるのが朝食の時間だろう。それは皐月も例外ではなく、上京してひとり暮らしを始めた彼は、さっそく朝食の時間にリストラを通告した。

そんな皐月が、また朝食を摂るようになったのは、ミチルの影響だった。

「ミスター皐月」

声をかけられ、皐月は目線をテーブルからあげた。

「大丈夫ですか？」

「ええ、はい」

とは言ったものの、皐月は決して大丈夫ではなかった。

ここ『カフェ・ステファニー』のオーナーであり、唯一の従業員であるハロルドは、それ以上なにも言わなかった。無言で皐月のカップに紅茶のおかわりを注いで、さらに小さなミルクピッチャーも新しいのに替えてくれた。一連の動作を終えると、まっすぐカウンターの奥に引き返して行った。

皐月は食事を再開した。大きな陶器皿の中には、ソーセージ、厚手のベーコン、目玉焼き、焼きトマト、マッシュルーム炒《いた》めが身を寄せ合うようにして、皐月の食欲を刺激しようと色目を使ってきている。もうひとつの小さな皿には、これまたうまそうなロールパンが載っている。

いまじゃこの店の常連である皐月だが、初めて来たときはぶったまげた。「なんだこの量は……」と唖然《あぜん》とした。しかもこれが朝食のメニューなのだから驚きだ。これはアイリッシュ・ブレックファーストと言われる、アイルランドの伝統的な朝食メニューである。ハロルドはアイルランドの生まれで、紆余曲折《うよきょくせつ》の末来日し、最終的に永住権を得た。しかし故郷の伝統は決して忘れず、『カフェ・ステファニー』でおいしいお茶と料理を提供し続けている。

あらゆる朝食をひとつの皿に詰め込んだって感じのこのメニューは、まさに朝食の縮図だなと皐月は思った。彼がミチルのためにいままで作った朝食の数々が、走馬灯のように頭の中をよぎった。

皐月はソーセージをかじって、パンをちぎって口に入れ、十分に味わった後、紅茶を口に含んだ。濃厚でコクのある紅茶で、ミルクとの相性がいいのだが、まずはストレートで。続いて、目玉焼き、マッシュルーム、焼きトマトの順番で味わったあと、今度はミルクを入れて紅茶を飲んだ。

「やっぱり、うまいな」

朝食というものの奥深さを、改めて舌で感じる。

「もう、一ヶ月か……」

ミチルを失ってから、一ヶ月が経過していた。

皐月の目から、一筋の涙が流れた。

レシピ1　ちゃんとしたごはん

頬を伝った涙が、棺桶《かんおけ》の中にポタリと落ちた。

ああ、兄さんはほんとうに死んでしまったんだ、と実感が湧いてきた。棺桶の中の兄を見るまでは、どうしても彼が亡くなったという事実が腑《ふ》に落ちなかった。

兄との対面を済ませると、皐月《さつき》は次に、隣にあるもうひとつの棺桶に目線を移した。

兄のパートナーだった、ルリだ。

「まさか、初対面がこんな形になるなんて。残念です」

ふたりそろって逝ってしまうなんて。

皐月は袖《そで》で涙を拭《ぬぐ》ってから、葉月《はづき》とルリと最後の対面をするために並んでいる人々に順番を譲った。並んでいる人々は、家族や親せき、それからふたりの同僚たちだ。中にはテレビで見たことのある政治家までいる。

皐月は急に息苦しくなった。外の空気が吸いたくなって、葬儀場から出た。

四月中旬の、やさしい温《ぬく》もりを含んだそよ風が彼の頬を撫《な》でて、すぐに過去へ飛び去っていった。

入口のそばにある自販機で無糖缶コーヒーを購入し、その場で口をつける。しばらく葬儀場の中には戻りたくなかった。

「……ん？」

自販機のそばのベンチに、喪服を着た女の子がひとり腰かけている。彼女はまだ幼く、足が地面まで届いていない。その届かない足を前後にゆらゆらさせながら、彼女は空をまっすぐ見上げていた。

「やあ」

皐月は声をかけた。

少女はゆらゆらさせていた足を止めてから、ゆっくりと顔を皐月に向けた。視線がぶつかり合う。彼女の大きなくりくりした目には、葬式には似つかわしくないポジティブな光が宿っていた。

「やあ」と少女は答え、片手をあげた。そして「泣いてるの？」と尋ねてきた。

「泣いてないよ」

皐月は真っ赤になった目をそらして答えた。

「ここの人たち、みんな泣いてる。不思議だなー」

この幼い少女は、葬式の意味、ひいては死の意味すら理解していないのだろう。それが分かるのは、もう何年か先だ。

「中に戻った方がいいんじゃない？　お父さんとお母さんが心配しちゃうよ」

「……」

少女は、目線を落として地面に漂わせると、そのまま黙りこんでしまった。

皐月は、自分がなにかマズいことを言ってしまったのだろうかと不安になった。

「怖いの」

少女は唐突に言った。間違ったタイミングで発せられたセリフみたいに、その言葉は空間に馴染《なじ》まず浮いて聞こえた。

「え？　怖い？　……ああ、たしかにお葬式は、暗くて怖い感じだよね……」

「お兄さん」少女は皐月の言葉を遮るように言った。「もしミチルが怖い人に襲われたら、助けてくれる？」

話が明後日《あさって》の方向にバウンドしたけど、皐月は「もちろん」と答えた。

そして、どうやらこの少女は「ミチル」という名前らしい。

「よかった。黒い服を着た人たちの中にね、その、怖い人がいるから……」

「怖い人っていうのは、いったい……」

「でも、お兄さんが助けてくれるなら安心だね」

ミチルはにっこり笑った。大きな目が線になり、頬にはえくぼができた。ごく控えめに言って、とびきりかわいかった。

ミチルの言う「怖い人」について気になったけど、それを尋ねたら、彼女からかわいい笑顔を奪ってしまうような気がした。

「どれ飲みたい？」

皐月は自販機を示しながら尋ねた。

「ココアすきー。あったかいのがすき」

「かしこまった」

皐月は自販機に小銭を投入し、ホットココアを購入した。そしてミチルの隣に腰かけて、十分な温もりを含んだ缶を差し出した。

「あ、でもね、知らない人から物を貰《もら》ってはいけないって、お母さんが言ってた」

「偉いね。そのとおりだ」

と言いつつも、皐月はココアの缶を差し出し続けた。

ミチルはとくに葛藤《かっとう》も逡巡《しゅんじゅん》もなく、あっさりと缶を受け取った。そしてプルタブを引き開けようとするが、なかなか成功しない。代わりに皐月が開けてあげた。

ココアを一口飲んで、ミチルは「おいしい」と言った。

「それはよかった」

皐月はミチルの隣に座って、しばらくぼけっとしていたけど、

「皐月」

名前を呼ばれて我に返った。

「ああ、母さん」

そばには皐月の母、切子《きりこ》が険しい表情で立っていた。泣きはらして目は真っ赤だ。息子の葬式なのだから当たり前だ。

「なにしてるの。そろそろ出棺よ」

「ああ」

皐月はベンチから立ち上がった。

「ミチル。あなたも来なさい」

切子がミチルに向かって言った。

「あれ？　母さん、この子のこと知ってるの？」

「当たり前じゃない。葉月の子なんだから」

「え」

葉月とは、皐月の兄の名前である。

棺桶の中で眠っていた、兄。

「兄さんの、子ども……？」

この子が……？

皐月はミチルの顔をジッと見つめた。

ミチルは首をかしげ、それから「にらめっこー？」と笑った。

●

「こんばんはー」

バイトを終えた皐月は、保育園に駆けこんだ。この園は、一時預かりサービスを実施している。一時預かりサービスは、その名のとおり一時的に子どもを預かってくれるというもので、緊急で子どもを預けたいときに便利だ。料金は時間単位で換算される。

「こんばんは結城《ゆうき》さん」

先生が笑顔で迎えてくれる。

とっくに日は沈んで、空では月が輝いているけど、園にはまだたくさんの幼児が残っていた。

「皐月くん！　お仕事お疲れさまー！」

皐月に気づいたミチルが、遊びを切り上げて駆け寄ってきた。

「遅くなってごめんよミチル。お腹すいたでしょ？」

「うん、すいたー」

「ファミレス寄って帰ろう」

「……うん」

ミチルの声のトーンが落ちたことに、皐月はまるで気付かなかった。

中央線に乗って、自宅の最寄り駅である高円寺《こうえんじ》駅へ。

高円寺駅南口から出ると、すぐに広場がある。広場の真ん中には木が二本生えていて、その根本を囲むように丸いベンチが備え付けられている。そこで大学生くらいの年齢のグループがワイワイと盛り上がっている。これから飲みに行くのだろう。

皐月たちは、ガードに沿ってまっすぐ歩いていく。そこかしこに居酒屋がある。金曜日ということもあって、かなり賑《にぎ》わっているようだ。

すこし歩くと左折して、屋根のあるアーケード商店街に入る。パル商店街だ。ファミレス、カフェ、携帯ショップ、服屋、パチンコ屋、カラオケ店など、とりあえずなんでもある。ちなみに、ここから北に行くと純情商店街に、南に行くとルック商店街につながっている。これらの商店街は、毎年盛大に阿波《あわ》踊りが開催されることでも有名だ。

ふたりはファミレスに入る。皐月はドリアを、ミチルはたらこスパゲッティを注文した。食べながら、皐月は心の中でお金について考えていた。

ミチルを預けている保育園の一時預かりサービスの料金は、一時間で六百円だ。二十三区内であることを考慮すると良心的な値段ではあるが、雀の涙の印税とバイト代で暮らしている皐月にとっては大きな出費である。とりあえず一週間預けて、そのあいだに代案をはじき出そうという無計画な先延ばし行為は、世界にはびこる無計画のほとんどがそうであるように、穏やかな失敗を迎えていた。

ファミレスの食事代すら真剣に考えないと破産する身である皐月が、ミチルを預かるという一大決心をしてから、早くも一週間が経過していた。

ひと足先に食べ終わった皐月は、やっとたらこスパゲッティの折り返し地点にたどり着いたミチルをぼうと眺めた。

勢いで預かっちゃったけど、果たして俺に子どもの世話なんてできるのかな？　皐月はいまさらながら、大きな不安に襲われた。

金銭面の問題はもちろんのこと、コミュニケーション面での不安もある。

二十七年間の人生で、皐月は不運にも子どもと真剣に向き合う機会に一度も恵まれていない。むしろ意図的に回避してきた。だから子どもとどう接していいのかまったく分からないのだ。中学の卒アルの企画ページの「良いお父さんになりそうな男子ランキング」で堂々の三位を獲得したあの結城皐月とは到底思えないザマだ。

「おいしい？」

なにはともあれ、話をするべきだ。皐月はここ一週間そうしてきたように、その場限りの無難でテキトーな質問をした。

「おいしぃよ」ミチルはにっこり笑って答えた。

しかしミチルはスパゲッティを三割ほど残した。

子どもだから胃袋も小さい。だからお残しだってしょうがない。皐月はそう考えた。彼の中には、ミチルがほんとうはスパゲッティをおいしいと思っていないという可能性は一ミリたりとも存在しなかった。

代わりに皐月がスパゲッティをすべて平らげて、ふたりは店を出た。すこし歩くとアーケードがなくなって、すぐに野ざらしのルック商店街に入る。レトロな雰囲気のお洒落《しゃれ》なカフェ、味のある古本屋、情緒ある古着屋、怪しげだけどどこか惹《ひ》きつけられる古美術店、懐かしい雰囲気の薬局、ジモティ御用達《ごようたし》の居酒屋や大衆食堂などが、静かに並んでいる。チェーン店が多くて派手な印象のパル商店街とは対照的に、ルック商店街は個人経営の小さいお店が多い。よく、下町の雰囲気を残した街、なんて評される高円寺だけど、ここらへんを歩くと「ああ、たしかに」と皐月は思う。ノスタルジックで、どこか心が落ち着く雰囲気がある。

ルック商店街を歩くこと五分、脇道に曲がってさらに五分、皐月の根城『コーポ・ステファニー』に到着した。高円寺駅から、だいたい十五分くらいの距離だ。

『コーポ・ステファニー』は、六畳ひと間のワンルームアパートである。一階部分はカフェになっているという不思議な物件だ。だから部屋は二階にしかない。

『コーポ・ステファニー』という名前だけを聞いたら、ウサギさんとケーキが大好きなふわふわ系女子の生息する物件ってイメージを抱くだろう。しかし実態は悲惨なもので、外観は文化遺産登録を免れないほど古めかしい。生活用の部屋はふたつしかなく、201号室に自称ハイパーメディアクリエイターの中年男性、202号室に売れない作家、つまり皐月が住んでいる。かわいい女子が決して寄り付かなそうな物件だ。

しかしなかなかどうして、住み心地は悪くない。内装はきれいだし（外装の悲惨さに比べればというレベルだが）、風呂《ふろ》とトイレは別だ。台所だってあるし、洗濯機を中に置くこともできる。日当たり良好だし、光回線も通っている。すぐ近くにポケストップが乱立しているからモンスターボールの補充も容易だ。

そしてなにより、家賃四万五千円という奇跡。これがいちばんのアピールポイントだ。高円寺駅から徒歩十五分でこの値段は、極限までボロいか、あるいは曰《いわ》く付きかの二択しかありえない。そして『コーポ・ステファニー』はそのふたつを兼ねそろえている。見てくれは御覧のとおりで、なおかつ舞台役者の幽霊が出るという噂がある。幽霊はよくとおる美声で夜な夜な『ハムレット』のセリフを練習しているのだと、不動産屋が半笑いで語っていた。

一階のカフェは『コーポ・ステファニー』の大家がひとりで切り盛りしており、なかなか評判がいい。うまいし、安い。皐月もよく利用する。土日の昼食はだいたいそこで食べる。必ず十二時前に食べることにしている。なぜなら、朝食メニューが十二時までだからだ。皐月は朝食メニューが好きなのだ。十二時ぎりぎりに食べる朝食メニューは、果たして昼食なのか朝食なのか疑問だが、まあ気にしないでおこう。

皐月とミチルは、崩壊の危機を間近に感じられるアトラクション的外階段を上って、202号室へ帰還した。

「明日は待ちに待った土曜日だぜ」

基本的にカレンダーどおりのシフトを組んでいる皐月にとっては、休息の日となる。いや、休日は執筆の仕事に充てるので、休息とはいかない。とはいえ一日を丸々執筆に使えるのは、彼にとって至高の喜びだった。

翌日。

待ちに待った週末だ。

今日は朝から晩まで執筆だ——と、いつもなら朝起きてすぐダイナブックを起動させ、ワードを立ち上げるのだが、今日はそうはいかない事情があった。むろんミチルだ。これ以上、保育園の一時預かりサービスを利用するわけにはいかない。そう遠くない未来に財産が底をつくのは爆炎を見るより明らかだ。

皐月は、ワードは立ち上げず、グーグルクロームのアイコンをダブルクリックした。そしてネットの情報の海にダイブし、有益なものを拾い上げていく。

どうやら通常の保育園は家庭の収入に応じて料金が変わってくるようなので、過剰な心配は不要みたいだ。しかし問題は、深刻な保育施設不足だった。ネットを見ていると、「落ちた」という悲痛な叫びがあちこちに木霊している。杉並区はいよいよ施設を増やすための政策を本格的に進めようと意気込んでいるが、近隣住民の反対もあって見通しは明るくない。新都知事の「待機児童ゼロ」政策にも皐月は期待したかったが、むろん待機児童問題は一朝一夕で解決する懸案ではない。しかし皐月にいま求められているのは、一朝一夕で解決させるための手段だ。

皐月の脳裏に、ミチルをやっぱり預からないことにする、という選択肢が浮かんだ。大見得を切ったことを謝って、ミチルを突き返す——。

皐月は先週のことを思い出す。葉月とルリの告別式と出棺を経て、彼らの肉体が火葬され、遺族たちが涙を流しながら骨を拾い上げた。そのあとのことだった。

切子は言った。「ミチルはね、自分だけの物語に閉じこもってるのよ」

「え？」

「ミチルは勝手に、葉月とルリさんはどこか遠くに出かけているだけ、そう思いこんでる。無理もないけどね。まだ幼いミチルに、ふたりの死のショックは大きすぎるからね」

皐月はミチルに視線をやった。ミチルはすこし離れたところで、涙を流す遺族たちを不思議そうに眺めていた。

「そっか。まだ幼いもんね。いま何歳なの？」

「四歳。でも来月で五歳になるわ」

ミチルは皐月と同じ、五月生まれのようだ。

「そっか。でもさ、なんとかして理解させせないとね」

「理解させようとしたわ。でもダメだった。説明しても説明しても最後には『それで、お母さんたちはいつ帰ってくるの？』って首をかしげるのよ」

「……厄介だな」

「厄介——そうね、まさにミチルにぴったりの言葉ね。あの子をこれからどうするかが問題ね。はあ、面倒だわ」

切子はため息をついた。

皐月はムッとした。面倒なんて言い方はあんまりだと思った。しかし強い口調では反論できなかった。

「でも、兄さんの愛娘《まなむすめ》なわけだし、ちゃんと世話しないと……」

「そんなこと、言われなくても分かってる。でも、つい先日まで存在すら知らなかったのよ。そんな、ぽーんといきなり現れた子を全力で可愛がるなんて、無理に決まってるでしょ」

葉月は、娘の存在をずっと隠していたのだ。理由は分からない。さっぱり分からない。彼はルリと一緒に暮らして、ミチルという娘もいた。しかし籍は入れていなかった。なぜ葉月は、恋人と娘の存在を隠していたのか？　葉月は、母親である切子にも、弟である皐月にも、そして父にも、妹にも、ルリとミチルの存在を隠していた。なぜ？　考えれば考えるほど、クエスチョンマークは増えていく。

「それで」と皐月は言った。「ミチルはこれからどうなるの？」

「分からない」

「もっと真剣にさ……」

「皐月」

切子は皐月の言葉を遮った。眼光を鋭くして、彼をまっすぐ見上げている。大人になっても、彼女のこの目には慣れなかった。

「あんたには分からないでしょうね、子どもひとり育てる大変さが」

また始まった……。

「いつまで経っても定職に就かないで、くだらない小説を書いてあぶく銭を得ている。もちろん私は一冊も読んだことないけど、くだらないことは分かるわ――。そりゃあ結婚なんてできるはずもないし、子どももできるはずない。せっかく大学にも行かせてやったのに中退して腐ってしまう。それに比べて葉月はほんとできた子だった……」

「母さん」皐月は言葉を遮る。「いまは俺のことなんてどーでもいいだろ」

「そうね。どーでもいいわね」

東大を出て厚生労働省の官僚として活躍していた葉月と、三流大学を中退して売れない小説家をしている皐月。どっちが大切で、どっちが「どーでもいい」か、それは明白だ。

切子の考えていることは分かる。彼女はこう思っている。「どうして皐月じゃなくて葉月が死ななくてはいけなかったの」

「とにかく」と切子は言った。「ミチルのことは、あんたが気にすることはないわ。私たちで適当に対処するから」

「具体的にどうするの？」

「しつこいわね。だからそれをこれから考えるの」

「ルリさんの家の人たちとは話し合ったの？」

「ルリさんに親族はいないわ」

「……え？」

「いろいろ複雑な事情があるみたいでね、あの人、幼いころから施設育ちらしいの」

切子の言葉には棘《とげ》があった。棘は軽蔑《けいべつ》の砥石《といし》で研ぎ澄まされていた。

親族がいないということが、そんなに軽蔑されることなのか？　むしろたくさんの苦労を抱えながらも強く生きてきたはずのルリは、尊敬されるべきではないか。

皐月は珍しく苛立《いらだ》っていた。人間として最低限尊重すべきことを、切子は蔑《ないがし》ろにしているように思えて仕方なかった。

「ま、ひとまずは」切子はため息をついてから言った。「ミチルはどっかの施設にでも預けておくわ」

皐月は切子を怒鳴りつけたかった。だけどできない。昔から、皐月は切子の前では無力だった。一種のマザコンであることを、皐月はしっかり自覚しているが、自覚したからなんだというのだろう。無理なものは無理なのだ。

悔しかった。葉月のパートナーを侮辱し、愛娘を邪魔もの扱いする切子に文句ひとつ言えない自分が。

皐月は逃げるように、火葬場の出口へ向かった。

「やっぱり泣いてるよー」

「え？」

出口へ向かう途中、ばったりミチルと鉢合わせた。彼女は皐月を見上げて、「泣いてるー」と繰り返した。

頬に触れてみて、皐月は初めて自分が泣いていることに気付いた。

「ミチル」皐月はしゃがみこんで、ミチルと視線を合わせた。「お父さんとお母さんはね、しばらく帰ってこられない。それは分かるよね？」

ミチルは黙っていた。

「それまでのあいだ、俺と一緒に暮らそうか」

——皐月の意識は現在に戻った。視線をパソコンのディスプレイに戻す。

すでに皐月の中では、ミチルを突き返すという選択肢は消滅していた。きれいさっぱり。

あとには煙も残らなかった。

「おはよー」

ミチルが目を覚ましたようで、布団の中からもそもそと這《は》い出てくる。

「おはようミチル」

いつもなら、ふたりそろって歯を磨いて、バタバタと身支度をして家を出る。しかし今日は休日なので、部屋には緩慢な時間が流れている。

今日はミチルと過ごす初めての休日になる。

さて、まずなにをするべきか？

とりあえず、ミチルはどうしたいのかを聞いてみよう。

「ミチル。今日は俺ずっとおうちにいるけど、なにかしてほしいこととかあるかい？」

ミチルは寝ぼけ眼をこすりながら「うーん」と迷ったあと、「朝ごはんが食べたい」と言った。

「あ……」

皐月はハッとなった。衝撃的なことに気づいたのだ。

なんと彼は、一週間ずっと、ミチルに朝ごはんを食べさせていなかったのだ。

皐月は朝食を摂《と》る習慣がない。半年前まで付き合っていた彼女は、朝、昼、晩としっかり三食食べる人間だったので、皐月も彼女と一緒にいるときはそれに倣っていた。しかし彼女が皐月に愛想をつかしてアサヒビールの社員に乗り換えてからは、また朝食を摂らない生活が続いていた。ちなみにその日以降、皐月はスーパードライの不買運動を個人レベルで展開している。

なんにせよ――育ち盛りの少女の食事を忘れるなど、保護者として、大人として、ひいては人間として失格だ。そう、皐月は割と人間失格の部類の人間だ。優しい心を持っているが、その使い道を絶妙に分かっていない。気が利かない。空気が読めない。整理整頓《せいとん》が苦手。不器用。服は脱いだら脱ぎっぱなし。貧乏。チキン。バカ。アホ。おたんこなす。

「ミチル、ごめん」

皐月はとりあえず謝った。むろんいままで朝ごはんを忘れていたことに対する謝罪だが、ミチルはなぜ彼が申し訳なさそうにしているのか分かっていなかった。小首をかしげている。

「だけどミチル、どうして教えてくれなかったんだい？　朝ごはん作るの忘れてるよって言ってくれれば、ちゃんと作ったのに」

「だって、皐月くんが忙しそうだったから」

なんてできた子だ。葉月とルリの教育の賜物だろうか。

「そうか、気を遣わせちゃってごめんね」

「皐月くんなにも悪いことしてないから謝っちゃだめだよ。謝りすぎると幸せが逃げちゃうって葉月くんが言ってたよ」

それはたしかに、葉月がよく言っていたことだった。それにしても、ミチルは父親のことを「葉月くん」と呼んでいたのか。父親としての威厳はいずこ？

「ああ、うん。そうだね、ごめん」

「またごめんって言ったー！　幸せが逃げたー！」

ミチルはおかしそうにけらけら笑った。つられて皐月も笑みをこぼした。

「よし、でも今日は大丈夫だ。ちゃんと朝ごはんを作るよ」

「がんばってー！」

皐月は意気込んで台所に入った。『コーポ・ステファニー』は台所が広くて、ふた口のガスコンロが設置してある。しかしそれも宝の持ち腐れだった。自炊に故郷を焼かれたかのごとく自炊を嫌う皐月のおかげで、入居四年目にしてガスコンロは新品同様の輝きを見せている。

皐月は腕によりをかけておいしい朝食を作るため、作るため、えっと、えーと……。

「……なにから始めればいいんだ？」

さっそく皐月の手が止まる。幼少のころは母親に、交際期間は恋人に食事を作ってもらって、自身は男子厨房《ちゅうぼう》に入らずを徹底していた彼は、料理の手順がまるで分からない。

これが昨今の二十七歳男性の平均像である。嘘である。

「ちょっと前に卵を買った気が……」

皐月は冷蔵庫を開けて、中身を調べた。卵はなかった。残り僅《わず》かなポン酢と、発泡酒が二本。それだけしか入っていなかった。ここ一週間、冷蔵庫を開けたかどうかすら、皐月は自信がなかった。あまりの忙しさに、晩酌すらできない状態だった。

仕方ない。買ってくるか。

皐月は六畳間に戻ってミチルに尋ねる。

「ミチル、ちょっとお留守番できるかな？」

「やだー！　やだやだやだー！」

想像以上の反発に、皐月はびっくりした。

「……すぐ帰ってくるから、ね？」

「お父さんとお母さんも、すぐ帰ってくるって言ったのにぜんぜん帰ってこないもん！」

「……」

葉月とルリ、つまりミチルの両親は、風邪で寝こんでいたミチルを家に残して、車で買い物に行った。車の運転ができるのは葉月だけだったが、彼には絶望的に買い物のセンスがなかったので（買い物にも確実にセンスの良しあしが存在する）、ルリも同行せざるを得なかったのだろう。そのあいだは、マンションのお隣さんが、ミチルの面倒を見てくれていた。一時間くらいでふたりは帰ってくるはずだった。しかし帰り道、朝っぱらから飲んだくれていた大学生集団のフォルクスワーゲン・ゴルフに突っこまれ、帰宅は未来永劫《えいごう》不可能になった。加害者連中は誰ひとり死ななかった。

「俺はちゃんと帰ってくるから大丈夫だよ」

ミチルの頭をなでながら、噛《か》んで含めるように言い聞かす。

しかしミチルは頑《かたく》なに、皐月の西友までの旅立ちを阻止しようとする。

「ひとりにしないで」

ミチルは皐月のスウェットのズボンをぎゅっと握って、消え入りそうな声で言った。

「……分かった。じゃあ、一緒に行こうか」

途端、ミチルの表情にパーと光が差した。

ふたりは身支度を整えてから、家を出て西友へ向かった。

「お菓子買ってもいいよ」

お菓子コーナーに差し掛かったとき、皐月は言った。

「やった！」

ミチルはぱたぱたとお菓子コーナーに駆け込んで、品定めを始めた。あっちに行ったりこっちに来たりして、なかなか決まらないようだ。

あの様子だと、もうしばらくかかるだろう。皐月はそのあいだに、食事の買い物を済ませてしまうことにする。

「ミチル。俺はごはん買ってくるから、ここを離れちゃダメだよ」

「はーい」

ミチルはお菓子の棚から視線を外さずに答えた。

皐月はミチルをその場に残して、ごはんの買い物を始めた。ミチルがなにを好んでなにを嫌うのかは定かでないが、子どもの好みなんてどこの家も同じはずだ。

「おまたせ……って、あれ？」

目的の品をかごに入れ終えた皐月はお菓子売り場に戻った。しかしそこにはミチルの姿がなかった。

「離れるなって言ったのに……」

皐月は店内を歩き回ってミチルを探した。しかし一向に見つからない。

だんだんと不安になってきた。

先日見たテレビ番組を思い出す。都内で七歳の少女が誘拐された事件が取り上げられ、論客たちが警察のずさんな捜査を批判していた。

「……」

皐月はかごを放って、速足でもう一度店内を捜索した。結果は同じだった。店員に頼んで監視カメラの映像を見せてもらおうか、それともそんな悠長なことをしていないで警察に連絡するべきか？

ふいに、店の外からサイレン音が聞こえてきた。救急車のサイレンだ。

「まさか……」

最悪の可能性が頭をよぎった。

しかしドップラー効果でサイレン音はどんどん低くなっていき、やがて消えた。いくらなんでもこの短時間でミチルがそんなに遠くまで行けるはずはない。あの救急車とミチルは無関係だ。

皐月はサービスカウンターに向かうため踵《きびす》を返した。すると、商品棚の陰にサッと隠れるなにかを見た。

「……」

皐月は正面に向き直って、そしてだしぬけにまた振り返った。

通路に顔を出してこっちの様子をうかがっていたミチルが、サッと棚の陰に隠れるのを、今度はしっかり確認することができた。

皐月はゆっくりと通路を歩いていき、棚の陰をぬっと覗《のぞ》きこんだ。

「わ！　見つかっちゃった！」

　ミチルはきゃっきゃっとはしゃいでいる。

「ミチル」皐月はため息交じりに言った。「なにをしてるんだい？」

「かくれんぼ！　ずっと皐月くんの後ろにいたんだよー！　ミチル隠れるの上手だった？」

「ミチル、二度とするんじゃない」

「？」

　ミチルは首を傾げた。

「お菓子売り場で待っててって言ったよね？」

「うん」

「じゃあどうして、いなくなったの？　かくれんぼなんかしたの？」

　叱られていることにようやく気付いたミチルは、輝かしい笑顔をひっこめ、代わりに曇り空みたいな表情を醸し出した。

「どこかに行くときは、ちゃんと言うんだ。黙っていなくなるのはダメだ。分かった？」

「……」

　皐月はミチルの表情を見て、一抹のやっちまった感を覚えたが、これも教育の一環なのだと自らを正当化することに余念がない。

きっと葉月なら、頭ごなしに叱ったりはしなかった。ミチルは悪気があったわけじゃない。もちろん皐月もそんなことは分かっている。しかし皐月は、決定的に子どもとの距離感覚が欠如していた。

「ミチル、約束して。次からは、勝手にいなくならないって」

「……」

ミチルは返事をしなかったけど、わずかにうなずいた。

買い物の帰り道、ミチルはひと言も発さなかった。

さすがに皐月は気まずくなってきて、「さっきは言いすぎたよ。ごめん」とこぼした。

しかしミチルは難しい顔をしたまま押し黙っていた。

『コーポ・ステファニー』に到着。外階段を上って、202号室へ帰還する。

「さあ、朝ごはんにしよう」

皐月はレジ袋からお弁当をふたつ取り出して、それを重ねて電子レンジに突っこんだ。

そして六〇〇ワットで二分温めた。

スーパーに行ったおかげで、弁当を買えた。調理をする手間が省けて、時間の節約になった。皐月は謎の達成感を抱きながら、温まった弁当をふたつ座卓に並べた。

「さてミチル。どっちがいい？」

お弁当は、唐揚げ弁当とチキン南蛮弁当だ。子どもでも食べられるはずだ。

「どっちでもいい」

ミチルは拗《す》ねているようだ。

「そっか。じゃあ俺は唐揚げで」

皐月は唐揚げ弁当を自分のほうへ寄せた。

彼が食べ始めると、ミチルも緩慢な動きでチキン南蛮弁当に手を付け始めた。

しかし。

「しょっぱい」ひと口食べると、彼女は即座に割り箸《ばし》を置いてしまった。「売ってるお弁当はしょっぱくて嫌い」

お子様は味の濃いものが大好きって、そう相場が決まっている。それは世界の真理だ。

「あとごはんも硬い。おいしくない」

白米を語るなど、十年、いや二十年早い。白米の良し悪しなんて子どもに分かるはずないのだ。来月で二十八になる皐月ですら、いまだに白米の「うまみ」とやらは理解できていない。米なんてどれも同じだ。コーヒーの「違い」とやらがもはやオカルトの領域に達しているのと同じように。つまり白米はオカルトだ。なにを言っているのか分からなくなってきた。

勝手に混乱する皐月をしり目に、ミチルは座卓を離れて、敷きっぱなしだった布団にもぐりこんでしまった。

完全に拗ねている。

ちょっと前までの、聞き分けのいい少女はどこへ行ってしまったのだろう？　ミチルは西友で消えたとき他のそっくりさんと入れ替わって、俺はそのそっくりさんを連れて帰ってきてしまったのではないか——皐月は本気でそう思った。

皐月はイラつくべきか悲しむべきか、いっそのこと絶望するべきか、まるで分からなかった。

こういう場合、子ども相手にどう接するべきなんだ？

「そうだ、兄さんに相談してみよう」

皐月はポケットからアイフォンを取り出してから、もう葉月がこの世にいないことを思い出した。

「ははは……じゃあ俺は、誰に相談すりゃあいいんだよ」

皐月にとって、兄の葉月が唯一の相談相手だった。

結城家の人間はみんなエリート思考で、じっさいエリート揃いだった。ゆえに、フリーターをやりながら細々と売れない小説を書き続ける皐月を軽蔑《けいべつ》している。悩みを話せる人間なんていやしない。

しかし葉月だけは例外だった。

「感動したよ！　やっぱりお前の作品は、後味がいいな。主人公はすべてを失ってしまったわけだけど、再起を予感させるラストに痺《しび》れたよ。やっぱり物語ってやつは希望がないとな。いやはや、ボキャ貧で申し訳ないが、感動した」

　皐月の新作を発売日当日にさっそく購入し、貴重な休日の午前中で一気読みした葉月。彼が感想を言うために電話してきてくれた日のことを、皐月はぼんやりと回想した。

「ほんとに？」

「ほんとだよ」

「いや、嘘だね」

「バカ。俺がいままで嘘言ったことあるか？」

　ふつうにあるが、まあいいとしよう。声の調子から、彼がどうやらほんとうに皐月の作品を気に入ってくれているらしいことは理解できた。

「すらすら読めてさ、二時間で読んじゃったよ」

「なんか申し訳ないよ。毎回毎回さ……」

「なにが？」

「官僚という忙しい身分である兄さんの二時間は、俺の二時間の十倍は貴重なものだ。それを、毒にも薬にもならないつまらない作品を読むために使わせちゃってさ」

「ほんと卑屈だな。いつからそんな風になっちゃったんだよ？」

　いつからだろうか。それはきっと、家族の優秀さをきちんと理解した瞬間からだろう。

とくに葉月。なんてったって官僚だ。マスコミの批判ばかり聞いていると、まるで官僚は国を腐らせるばい菌みたいな連中に思えてしまうけど、それは事実とまったく異なることを皐月はとうぜんわかっていた。彼らは国をよりよくするために日々戦っている。金融関係の職に就けばいまの二倍も三倍も給料をもらえたにもかかわらず、葉月は官僚という道を志し、国に尽くしている。そんな立派な人間が、血のつながった兄なのだ。自然と比べて、自然と落ち込んで、自然と卑屈になってしまうのは無理からぬストーリーではないか。

「ああ。ありがとう。なんだかんだ言ってうれしいんだよ」

葉月を困らせてしまっていると気付いた皐月は、そう言い繕った。

「そうそう。ほめてもらったら、素直に喜べ。それが人生を豊かにする秘訣《ひけつ》だ」

「兄さんが言うならそうなんだろう」

「卑屈になっちまうのは、要はプライドの問題なんだ。どうせ自分はこんなもんですからってへりくだって、プライドが傷つかないように予防線を張っているんだよ。でもそれはやめたほうがいい。そんなちんけなプライド、千切って金魚の餌にでもしちまえばいいのさ」

一応、小説家というやりたい仕事に携わっているにもかかわらず、劣等感をどうしても拭《ぬぐ》いされない皐月だったが、葉月の言葉で、すこしだけ自信を持てた。持てる気がした。持ってもいいいんじゃないかと思えた。

「ま、悩みとかがあったらさ、いつでも連絡しろよ」葉月は言った。「いくら忙しいったって休みはあるんだ。んで、休日は基本暇だ」

「休日を一緒に過ごす彼女はいないの？」

「ああ。そ、そのことなんだけどさ……」

葉月は言いよどんだ。彼にしては珍しいことだった。

当時は、葉月の歯切れの悪さの意味がまったく分からなかった。でも、いまなら分かる。彼は、いよいよルリとミチルの存在を、皐月に明かそうとしていたのだ。

「お前、今年の誕生日は暇か？」葉月は強引に話題を変えた。「暇に決まってるよな？」

「誕生日はゴールデンウィーク中にあるから、バイトはない。一緒に過ごす彼女もいない。それを暇というなら、まあ暇だね」

「よし、じゃあうちに来いよ。一緒に盛り上がろうぜ。誕生日パーリーだ」

「えー……男ふたりでパーリーって……」

「いや、男ふたり、女性ふたりの、合計四人だ」

「え？」

「ふたりの誕生日を盛大に祝うよ」

「んん？　合計四人で、ふたりの誕生日を祝う？　どゆ意味？」

「来たら分かる。お前に大事な話もあるしな」

「大事な話？　よく分からないけど、ああ、分かったよ。誕生日は兄さんの家に行く」

しかしその約束が果たされることはなかった。皐月の誕生日が来る前に、葉月は逝ってしまった。

皐月は視線を弁当から外して、布団にくるまるミチルに移した。

ミチルは理解できていない。両親がすでに、どんなにがんばっても手の届かない場所へ旅立ってしまったことを。

もう彼女を守ってくれる人間はいないのだ。

『独り』という言葉が皐月の脳内でこつこつと足音を立て始める。足音はやがて頭の中を抜け出して、ミチルへ近づいていく。

兄さんの愛娘《まなむすめ》が、独りになっていいはずがない。ミチルには、寄り添ってあげる大人が必要なんだ。

皐月は、大人げない自分を猛烈に恥じた。

「ミチル。俺が悪かったよ」

「……寝てる」

「起きてるじゃないか」

「でも寝てる」

「なるほど」

皐月は布団にそっと近づくと、勢いよく掛け布団を引きはがした。

「わ！」

ミチルは驚愕《きょうがく》の表情で皐月を見上げる。

「いつまでも寝てると、頭の中がスープになっちゃうよ」

「えー、ならないよー」

「朝起きたときは、頭がぼーとするでしょ？　それはね、頭の中が溶けて軟らかくなっているからなんだよ。だから寝すぎちゃうと、軟らかくなりすぎてドロドロのスープになっちゃうんだ」

「えー！　じゃあもうミチル寝ない！　夜になっても寝ない！」

「そうするとね、今度は頭の中がカチカチになって、おせんべいになっちゃうんだ」

「じゃあどうすればいいの！」

「ちょうどいい時間寝て、ちょうどいい時間に起きるんだ。そうすれば、スープにもおせんべいにもならない。時間は俺が教えてあげる」皐月は不敵な笑みを浮かべて言った。

「さーて、起きるのは……いまだ！」

「わー！」

ミチルは慌てて布団から起き上がって、気をつけの姿勢をした。

「よくできました。ちゃんと起きられたから、ミチルの頭の中は今日も健康です」

「よかった……」

ミチルはほっと胸をなでおろした。

なんでも簡単に信じちゃうあたりは、やっぱり子どもだ。

大人顔負けの気遣いを見せることもあれば、無邪気にふざけたりもするし、空想話を信じてしまうこともある。子どもってほんとわけが分からない――かつては自分も子どもだった皐月は、自分のことは棚に高々と上げてそう思った。

「あ……」

とつぜん、ミチルがなにかを思い出したような表情になり、そしてみるみる眉《まゆ》を吊《つ》り上げていった。

「どうしたの？」

「ミチル、怒ってたの思い出した」

「そんな無理やり怒らなくてもいいじゃないか」

「やだ。ミチルはいまご機嫌ななめなの！」

「さっき叱っちゃったのは謝るからさ、機嫌直してよ」

「そのことはもういいの！　ミチルは違うことに怒ってるの！」

ミチルは声を荒らげたあと、頬を膨らませた。

皐月は吹き出しそうになるのをこらえて、尋ねる。

「どうすれば機嫌直してくれる？」

「ごはんが毎日ファミレスとかお店のお弁当なのはやだ」

「……なるほど」

ミチルは食事に関する不満を抱えていたのだ。

「お母さんと葉月くんみたいに、ちゃんとごはん作ってほしい」

「ん？　お母さんはともかく、お父さんもお料理してたの？」

「お父さんじゃなくて、葉月くんだよ」

どうしてかミチルは、父親が「お父さん」と呼ばれるのを嫌がった。うーん、やっぱり子どもってよく分からない。

「ああ、葉月くんも、お料理してたの？」

皐月は言い直した。

「うん。ふつうの日はお母さん。お休みの日は葉月くんがお料理してた」

意外だった。葉月は、皐月以上の不器用さんで、料理なんてもってのほかのはずだった。じっさい皐月は、葉月が台所で皿洗い以外の作業をしているのを見たことがなかった。しかし、そんな葉月も、大切な人ができてからは変わったわけだ。

ルリはパートとしてスーパーで働いていたらしい。葉月の給料だけで十分暮らしていけたはずだけど、きっとルリは、働かずにはいられない人だったのだろう。そんなルリにすこしでも家事を休ませてあげようと、葉月はいろいろがんばっていたのだ。

それを理解した瞬間、皐月の中に「俺も」という感情が生まれた。葉月がしていたように、俺も料理をしてみよう。奥さんどころか彼女もいないけど、暫定的愛娘であるミチルのために、ひと肌脱ぐべきだ。

「うん。分かったよミチル。これからは、俺もお料理がんばってみるね」

「やった！」

ミチルの表情から、不機嫌成分が瞬時に蒸発した。

「でも」ミチルは座卓の前に腰を下ろした。「このお弁当は食べちゃうね」

彼女は放置していたチキン南蛮弁当に、再び手をつけ始めた。

やっぱりいい子だ。

皐月はふっと笑みを漏らし、自分も唐揚げ弁当の残りを食べ始めた。


「じゃあ、さっそく質問。ミチルは今夜なに食べたい？」

朝ごはんのお弁当を食べ終わり、緑茶を飲んでひと息ついたあと、皐月は尋ねた。時間帯的にお弁当が昼食も兼ねてしまっているので、夕食のリクエストを聞いてみた次第だ。

「ミチルの大好物当ててみて」

ミチルはそう言って、マシュマロ入りホットココアをひと口飲んだ。

「ヒントは？」

「教えなーい」

「よし、当ててやるぞ。俺は人の顔を見て、心を読むのが得意なんだ」

「ミチルはぽーかーふぇいすだから、ぜったい分からないよ」

「うーん、そうだなあ……」皐月はミチルの目の奥をジッと見つめる。「ハンバーグとか？」

「！」

ミチルは無言で目をキラキラ輝かせる。

ずいぶんと分かりやすい娘だ。今夜はハンバーグで決まりだな。

皐月は気合を入れ、さっそくネットでハンバーグの作り方を調べた。


「これ、なに？」

ミチルは皿に盛られた物体を見て、それから恐る恐る皐月に尋ねた。

「見てのとおりハンバーグだよ」

皐月は夕飯に、きちんとハンバーグを作った。ネットで入念に下調べをし、買い物に行き、慎重に下準備をして、フライパンで大胆に焼き上げた自信作だ。

「えー……ぼろぼろ……」

ミチルは、ハンバーグと思わしきものを箸《はし》でつつきながら言った。

じっさいその物体は、ハンバーグというにはあまりに形が崩れていた。焦げてもいる。ごく控えめに言って、汚い。隣に置いてある炊きたての白米が、とても居心地悪そうに見える。

「たしかにぼろぼろだ。ちょっと焼きすぎて焦げてしまってもいる。だけど大切なのは味だよ。そうだろう、ミチル?」

「そうだよね、おいしければいいんだもんね」

ミチルは気を取り直して、ハンバーグと思わしきものをひと口食べた。そして。

「おいしくない」

ミチルは顔を歪《ゆが》めて言った。反射的な即答だった。

「……ミチル。たしかに俺は、ハンバーグは初めてだ。だけど、ちゃんとレシピどおりにやったんだから、そんなにマズイってことは……」

そう言って皐月は、自分用のハンバーグをひと口かじった。

「なるほど」

たしかに地獄のような味だった。

「ミチル、すまない」

皐月は頭を下げた。

「ううん。ミチルもひどいこと言って、ごめやす」

ミチルも頭を下げた。

あと、「ごめやす」って、かわいいと思った。方言かな？

「でも、作ってしまったものは仕方ない。ミチル、一緒にがんばって食べようじゃないか」

「うん。がんばる」

ミチルは震える手でなんとか箸をコントロールし、ハンバーグをひとかけら口に運んだ。

そして瞬時に真顔になって皐月を見つめた。

「ダメっすか？」

「ダメっす」

ミチルは悲壮感漂う表情で首を横に振った。

皐月はティッシュを五枚抜き取ってミチルに手渡した。

ミチルはティッシュにハンバーグを吐き出して、ごみ箱に埋葬した。

皐月も半分ほど食べたところで、二日酔いに似た激烈な吐き気を覚えたためギブアップした。

さて、どうしたものか……。

ピザの出前でもとるしかないかな。そうなると出費だなあ……。

なにより、料理をがんばると約束した初日からこんな醜態を晒《さら》してしまったことが、皐月は恥ずかしくて、悔しかった。

「皐月くん元気出してー」

ミチルは、ため息をついて座卓に突っ伏してしまった皐月の頭を撫《な》でながら言った。

どんどんどん……。

とつぜん、玄関扉がノックされた。『コーポ・ステファニー』は、インターフォンなどという贅沢《ぜいたく》品は取り付けられていない。さらに言えばドアスコープすらないので、来客の正体は扉を開けるまで分からないサプライズ仕様だ。だいたいの場合は宗教の勧誘か新聞の勧誘かインターネット回線乗り換えの勧誘か――とりあえずなんらかの勧誘なので、居留守を貫く。しかし今回ばかりは迷わず腰を上げて玄関に向かった。ノックが三々七拍子のビートを刻んでいたからだ。

「こんばんは」

玄関扉を開けて、皐月は挨拶《あいさつ》をした。

「ヘロー」

扉の前にいたのは、『コーポ・ステファニー』の大家であり、一階の『カフェ・ステフファニー』のオーナーでもある、ハロルドだった。カフェの仕事終わりなのだろう、表情には一日ぶんの疲労感が控えめに塗られていた。

名前から分かるとおり、彼は日本人ではない。アイルランドの生まれだ。大学を出て間もないころ日本人留学生と付き合っていて、彼女が日本に帰る際「じゃあボクも」と軽いノリで来日した。で、けっきょく日本で結婚した。不動産関係の仕事を定年退職したあとは、この物件を入手して、大家になった。一階はもともとクリーニング屋だったけど、大幅に改装して『カフェ・ステファニー』をオープンさせるに至った。

ハロルドは御年七十歳だが背筋はピンと伸びており、元来の長身に陰りは見えない。さまざまなスポーツを経験してきているということもあってか、見事なソフトマッチョ体型をキープしている。髪は一切染めず、潔く全白髪だ。しかしそれが似合っている。どことなくクリント・イーストウッドに似ているなと、皐月は常々思っていた。

「えっと、今月ぶんの家賃はきちんとお渡ししたはずですが……」

ハロルドが202号室の扉に三々七拍子を刻むのは、たいてい家賃の催促だ。

「ノンノン、そうじゃなくてネ」ハロルドは日本語を流ちょうに話す。ちょくちょく英語を混ぜてくるのは、単なるキャラである。「ほら、先週から一緒に住んでるベイビー、ミチルちゃんでしたっけ？　ちゃんと生活できているのかと心配になってしまいましてネー」

「ああ、なるほど。様子を見に来られたんですね」

「ええ。異臭がしたため調べてみると白骨化した幼児の遺体が発見された――なんてことになったら困りますからネ」

先週、勢いでミチルを預かった皐月は、帰宅そうそうハロルドのもとに出向いて土下座をした。「申し訳ありませんが、子どもを一緒に住まわせる許可をください」と懇願したのだ。『コーポ・ステファニー』は、だいたいのワンルームアパートがそうであるように、ひと部屋にひとり以上住んではいけないルールだからである。ハロルドは説明を求め、皐月はかいつまんで成り行きを話した。ハロルドは迷わずOKしてくれた。

「よろしかったら、上がっていかれますか？　お茶くらいならお出しできますが」

「よろしいのですか？　では、お言葉に甘えて」

ハロルドは靴を脱いで家に上がった。台所を経由して六畳間へ。

「ミチルちゃん、ヘロー」

「あ！　おじいちゃん！　ヘロー！」

ミチルは一定以上の年齢の男性を決まって「おじいちゃん」と呼ぶ。皐月がミチルとの同居をお願いしに行ったとき、彼女もハロルドと顔を合わせている。

それにしても、この人懐っこさ、このまぶしい笑顔。それらはミチルの才能だった。幼児であるということを差し引いてもかわいい顔をしているし、さては彼女はアイドルの素質があるなと皐月は思った。

「……ん？　ミスター皐月」ハロルドは皐月に向き直って言った。「テーブルの上にある、これはいったい……？」

「あ、これはハンバーグです。夕飯です」

「これを、ミチルちゃんが食べるのですかな？」

「ええ、まあ」

「バッド！　こんな汚物を子どもに食べさせてはいけませんぞ！」

汚物！　いくらなんでもひどすぎる！　しかし誰がどう見ても汚物であることに議論の余地はなかった。

「ええ、まあ、そうですよね……ですので、どうしようか迷っていたんです。でも、はい、ハロルドさんの言うとおり、これはミチルに食べさせるべきものではありませんね」皐月は改めて意気消沈した。「これは捨てます」

「捨てる……!?」険しかったハロルドの表情はさらに険しくなる。「食べ物を粗末にしてはなりませんぞ！　モッタイナイ精神とともにあれ！」

じゃあ俺はどうすれば！　皐月は心で悲鳴を上げた。

「ミスター皐月」ハロルドの表情はもうふだんのニコニコ顔に戻っていた。「もしよかったら、ボクがリメイクしましょうか？」

「リメイク……？」

「ええ。ちょいとキッチンをチェック……」

そう言うとハロルドは、冷蔵庫の中身や棚の中をチェックし始めた。そして「ドライカレーはお好きですかな？」と尋ねてきた。

「ええ、好きです」と皐月は答えた。

「ミチルちゃんはどうかな？」

「どらいかれー？　それってカレー？」

「イエース、カレーだよー」

「ミチル、カレーすき！」

ハロルドは笑顔でうなずくと、「少々お待ちを」と言い残して家を飛び出していった。

そして次にまた現れたとき、彼はトートバッグを携えていた。一階のカフェの厨房《ちゅうぼう》から持ってきたようだった。

ハロルドは台所に行くと、トートバッグからカレー粉、コンソメ、ウスターソース、ケチャップ、オリーブオイル、そして小さなこん棒を取り出した。

ハンバーグをしくじった罰として、そのこん棒で処刑されるのかと皐月は身構えた。

ハロルドは、汚らわしいハンバーグをふたつ、ボウルに放りこんだ。そしてこん棒で潰《つぶ》していく。こん棒の正体はすりこぎだった。ゴマなどをするときに使うアレだ。

ハンバーグがそぼろみたいにバラバラになるまで、ハロルドはすりこぎを酷使し続けた。

「ほんとうは人参《にんじん》やピーマンも入れたいところですが、カフェの冷蔵庫もミスター皐月と同じで、野菜を切らしています。だから野菜はこのハンバーグにあらかじめ入っている玉ねぎだけになってしまいます。すみませんネ」

「ミチル野菜きらいだからうれしい！」ミチルは歓声をあげた。

「ノンノン。ミチルちゃん。野菜を食べないとグレイトな大人にはなれませんぞー」

「えー、だっておいしくないんだもん」

「ま、好き嫌いの克服は、ミスター皐月にお任せします」

ハロルドは愉快そうに笑いながら、コンロの火をつけ、フライパンにオリーブオイルを引き、そぼろ状になったハンバーグを投入。炒《いた》め始めた。

ハロルドが左手首を振るたび、オリーブオイルをまとった肉たちが軽くジャンプする。右手の菜箸もせわしなく動き、肉を均《なら》していく。

火が十分に通ったら、ハロルドは持ってきた調味料たちを逐次投入していく。フライパンがジューとおっかない音を立てる。

台所は、酸味のある香ばしい空気で満たされていく。

「いい匂い！　おいしそうだね、皐月くん！」

ミチルのテンションは、今日いちばんの高値を記録した。

じっさい、ハロルドが作ってくれたドライカレーはおいしかった。水分を十分に飛ばしてあるにもかかわらず、白米とよく絡まって、甘しょっぱい味が口に広がる。いちばん上には半熟の目玉焼きが載せてあって、箸《はし》で裂くととろりと黄身があふれ出し、カレーに違ったニュアンスの甘さを添えてくれる。

ハロルドはふたりぶんのドライカレーを作ったあとは、六畳間のすみに座って、コーヒーキャンディを舐《な》めながら、ジッと皐月とミチルの食べる姿を眺めていた。

「ごちそうさまでした」

「ごちそうさまー！　おじいちゃんお料理上手だねー！」

皐月とミチルがドライカレーを完食すると、ハロルドはホッとした表情で「おそまつさまでした」と言った。

夕食を無事終えることができた皐月とミチル。

ドライカレーを作るという任務を遂行したハロルドは、家を出て行ったと思ったら、今度は一升瓶を携えて戻ってきた。

「これ、熊本のディアフレンドが送ってきてくれたものなんですが、ひとりで飲むのも寂しいのです。ミスター皐月、一杯どうです？」

「ええ、はい。ぜひ」

ハロルドは『コーポ・ステファニー』のすぐそばにある一軒家にひとりで住んでいる。

奥さんは五年前に肺がんで亡くなっている。ヘビースモーカーだったそうだ。以来、ハロルドはたばこを断ち、コーヒーキャンディで口の寂しさを紛らわせている。そして、こうしてたまに、一緒に飲まないかと誘ってくることもある。やはり寂しいのだろう。

「それ、お酒？」

ミチルが一升瓶を見て、それから皐月に尋ねた。

「うん、そうだよ」

「だめ」

ミチルは冷たい口調で言った。彼女の顔からは、表情が消え失せていた。

「え？　だめって、お酒が？」

「飲んじゃだめ。皐月くんも、おじいちゃんも、だめ」

ミチルは表情が消え失せてはいたけど、そこにはたしかな意思が宿っていた。もし仮にミチルの言葉を無視して酒を飲んだら、彼女の顔にはもう二度と表情が戻ってこないような、そんな危機感を皐月は覚えた。

なぜミチルがそこまで真剣に飲酒を阻止しようとするのかはさっぱり分からない。でもここは、ミチルの言うとおりにするべきだと感じた。

皐月はお酒の代わりに、熱い緑茶を用意した。ミチルにはホットココアを作った。

「ところで」団らんの最中、ハロルドは話題を変えた。「ミスター皐月がお仕事のときは、ミチルちゃんはどこかへ預けているのですか？」

「あ……」

皐月はハッとなった。

料理のことで頭がいっぱいで、保育園探しを忘れていた……。

「今夜中に保育園をピックアップして、明日手続きに行ってきます」

「明日は日曜日ですので、役所はクローズですよ」

「あー……たしかに」

「それから、入園選考の日付は把握していますかネ？　選考は月に一度しかありません。ご留意を」

「ああ……まったく考えていませんでした……」

「あるいは無認可の保育園でしたら、役所での手続きは必要ありませんネ。しかしいずれにせよ、一日二日でクリアできる問題ではありません」

「すると、もうしばらくは一時預かりサービスを利用することになりそうです」

皐月はざっと出費を計算して、ため息をついた。破産しちゃうよ……。彼は自分の計画性のなさを改めて呪った。

「もしよろしかったら、しばらくのあいだ、ミスター皐月のお仕事中は、ボクがミチルちゃんのめんどうを見ましょうか？」

「……え？　それは、冗談とかではなく？」

「少なくともボクのジョークのレパートリーにはありませんネ」

「では、本気でおっしゃられたのですね」

「マジにガチに本気ですよ、ええ」

「でも、それじゃあハロルドさんのご迷惑に……。俺、謝礼はあんまり出せませんし」

「見損なわないでほしいですなミスター皐月。マネーなど不要です」

「……なぜ、そこまでしてくれるのですか？」

「ミスター皐月が、大切なお客様だからです。ここ『コーポ・ステファニー』を大事に使って、毎月きちんと家賃を入れてくださっている。いわば優良顧客、グッドカスタマーです。これからも末永くご利用いただくため、できる限りのオプションを提供するのは、オーナーとして至極当然のことです」

　皐月はミチルに視線を移した。

　ミチルは、皐月の視線の意味を理解していた。彼女は「ミチル、おじいちゃんとお留守番できるよー」と言った。

「でも」皐月はハロルドに視線を戻した。「やっぱり、なんか悪いですよ。ハロルドさんは、日中はカフェでのお仕事もありますよね。ミチルのめんどうを見ていては、支障が出るのでは？」

「ドンウォーリー。ボクの仕事場であるカフェは、知ってのとおり、まさにここ『コーポ・ステファニー』の一階です。どうせこの場所に毎日出勤しなくてはならないのです。出勤ついでにミチルちゃんを預かることができます。それに、ミスター皐月がいないあいだは、ミチルちゃんは店の奥の休憩室にいさせますので、仕事をしながらでも様子を見られます。そのあいだミチルちゃんは、テレビジョンでも見ていてはいかがかと」

皐月は『カフェ・ステファニー』の店内を思い描いた。

たしかに、ハロルドがコーヒーを淹《い》れたり料理をしたりする作業場の奥には休憩室があり、扉を開けておけば手を止めずに中の様子がうかがえる。

けっきょく皐月は、ハロルドに頼ることにした。

「いい子にするんだよ、ミチル」

皐月はミチルの頭をなでながら言った。

「ミチルちゃんはいつもいい子ですよネ」まだミチルと二度しか顔を合わせていないハロルドは言った。「ミチルちゃんはグッドガール」

「ミチルはグッガー、ミチルはグッガー」

ハロルドとミチルはなにやら盛り上がっている。

ともあれ、こうして皐月の経済崩壊は先延ばしされたのであった。

ミチルはハロルドによく懐いた。言いつけをきちんと守り、ときにはカフェの仕事をすすんで手伝った。もちろん四歳児にできることはたかが知れている。調理はもちろん、コーヒーや料理を客席に運ぶようなことはさせない。彼女がやることといえば、笑顔で「いらっしゃいませー」と挨拶《あいさつ》すること。それだけだ。

「ミチルちゃんのファンがたくさんできましたよ」

ハロルドは、まるで孫を自慢するかのように語った。

「やはりアイドルの素質があるのかもしれません」

皐月はノンアルコールビールをあおりながら、ミチルについての報告を聞いている。ミチルがお酒を嫌がる関係で、最近はずっとノンアルコール飲料を購入している。

ハロルドは二日に一度のペースで皐月の部屋に来て、ミチルの様子を報告してくれる。

皐月はそれが楽しみだった。

時刻は零時前。ミチルは部屋のすみの布団ですでに眠っている。よって部屋は、豆電球の淡い橙色《だいだいいろ》の光と、窓から侵入してくる月光だけで照らされている。そしてとうぜんながら、皐月とハロルドは声を潜めて会話している。

「しょうじき最初は不安だったんです。ミチルをハロルドさんに預けることが」

「分かりますよ。ミチルちゃんはまだ四歳ですからネ。大人しくしていられるか、そりゃあ不安でしょう」

「いいえ、ハロルドさんが子どものめんどうをきちんと見られるかが不安だったんです」

「OH……心配のタネはボクだったのですネ……」

「ハロルドさんはたしか、お子さんはいらっしゃらないという話でしたから」

「イエス。子どもはいません。ワイフの体の問題で」

「あ……そうだったんですか。すみません……」

「謝る必要はありませんよ」ハロルドはグラスを傾けながら言った。中身はコーラ。「なにはともあれ、この一週間で、大丈夫だとお分かりになったでしょう？」

「はい。これなら、安心してバイトへ行けます」

「しかしミスター皐月」ハロルドは表情をわずかに硬くした。「もうすこし早い時間に、帰宅することはできませんか？」

皐月はバイトの時間を増やしていた。積極的に残業を引き受け、割り増しの時給を稼いでいた。ミチルを養うためには、そうするしかなかった。だからとうぜん帰宅の時間は遅くなった。夕飯もハロルドが代わりに作ることになり、皐月がミチルと交わした「料理をがんばる」という約束は、なし崩し的にバイトが休みの土日に限定された。とはいえ土日も、平日できないぶんのしわ寄せを真っ向から受け止める形になって、執筆にかなりの時間を奪われている。そのため、ミチルを構ってあげられる時間は決して多くない。手のこんだ料理も無理だ。

「ミチルちゃんは寂しがっていますよ」

ハロルドの言葉に、皐月は首を傾げた。皐月が言葉の意味を理解できていないことを悟ったハロルドは「ミスター皐月と一緒に食事ができないことを」と付け加えた。

皐月がバイトから戻るのは、午後八時過ぎであることがほとんどだ。ミチルはとっくに、ハロルドが用意した夕飯を食べ終えている。「帰るまで夕飯を食べるな」とは言えない。ミチルは四歳なのだ。規則正しい生活をしていれば、午後六時には腹ペコになる。

「でも、土日は一緒に食べてますよ」

バイトがない土日は、きちんと自炊し、ミチルと一緒に「いただきます」している。

「足りませんよ」ハロルドは首をふった。「ボクはたしかに育児の経験はありませんが、それくらいは分かります。子どもがだいたいどれくらいの愛情を必要とし、だいたいどれくらいの寂しさに耐えられるか」

「……」

「ミスター皐月、あなたはこの一週間、なにも気づきませんでしたか？　なにも感じませんでしたか？　ただ安心していましたか？　もしそうだとしたら、そう遠くない先、ミチルちゃんをほかの誰かに引き渡すべきです」

皐月は、教師から身に覚えのない容疑をかけられた小学生みたいに、黙って目をぱちくりさせていた。

「もちろん、ミスター皐月にも事情があります。とくにマネーの問題は、抜き差しならないものでしょう。夜遅くなるのは仕方ないです。誤解してほしくないのですが、ボクは遅くまでミチルちゃんのめんどうを見るのはまったく苦ではありません。むしろ楽しいです。孫がどんなにかわいい存在なのか、ボクには知る由もありませんが、きっとミチルちゃんのような存在なのだと感じますよ。しかしミチルちゃんにとってボクは、あくまで他人です。すごく懐いてくれていますが、やはり他人なのです。それは白鳥がアヒルの実の親に決してなれないのと同じように、どこまでも徹底的に宿命づけられています」

皐月はなにかを言おうとしたが、言葉は正体を隠したまま唇にぶら下がって、ハロルドに向かっていこうとしない。

「ミチルちゃんは、ミスター皐月を父親のように思っていますよ」

「父親……」

「ミチルちゃんのほんとうのパパは葉月さんですよネ。そしてミスター皐月は、彼の弟さんです。顔や雰囲気も似ているんじゃないですか?」

そのとおりだった。大きいけどどうしてか眠そうな印象を与える目も、無駄に長いまつ毛も、まっすぐな眉《まゆ》も、乾燥しやすい唇も、ひげが薄いのも、似ていた。葉月のほうが圧倒的に筋肉の武装量が多かったけど、背丈もほとんど同じだった。高いほうだった。

ミチルが皐月に、葉月の面影を見てしまうのは、無理からぬ話なのかもしれない。

「ミチルちゃんには親が必要です。保護者ではなく、親が」

ハロルドは伝えるべきことは伝えたとばかりに沈黙した。次に言葉を発したのは、グラスのコーラを空にした後だった。

「では、ボクはこれで。夜遅くまで申し訳ありませんでした」

ハロルドは、物音を立てないように、忍び足で202号室を出て行った。しかし彼がさっきまで座っていた場所には、透明な存在感がしっかりと腰を下ろして、ジッと皐月を見つめていた。

皐月はミチルが眠っている布団に近づくと、小さな声で「いままでごめんね」と言った。そして歯を磨いてから、隣の布団に潜りこんだ。

皐月がうとうとし始めたとき、ミチルが「わー！」と叫び声をあげて飛び起きた。

「ど、どうした!?」

皐月は布団を跳ね飛ばし、ミチルに這《は》い寄った。

「皐月くん！」

ミチルは布団から這い出ると、皐月の胸に抱き着いてきた。

「怖い夢を見たんだね？」

ミチルは無言でうなずいた。

「でも大丈夫だ。夢は夢。ミチルに悪いことはできない。安心して」

しかしどう言い聞かせても、ミチルは布団に戻ろうとしなかった。皐月の胸に顔をうずめたまま、ときおり鼻をズズッとする。

「どんな夢を見たんだい？」

「……すごく広い砂漠でね、アリさんに会ったの。あ、違うかも。ドラゴンさんかも。アリさんかドラゴンさん。どっちかに会ったの」

「どっちだったんだろうね」

皐月はミチルの頭を撫《な》でながら、やさしい声で相槌《あいづち》をうつ。

「覚えてないけど、ミチルね、間違ってその子をプチッて踏み潰《つぶ》しちゃったの……」

「アリさんだね」

「うん。そしたらドラゴンさんがね」

「アリさんだと思うよ」

「うん。アリさんがね、生き返って、火をボーって吐いてきたの」

「ドラゴンさんかもね」

「火をボーって吐きながら追いかけてくるの。そしたら剣を持った皐月くんが助けにきてくれたの」

「おー！　よし、ドラゴンなんかやっつけちゃうぞ！」

「でも皐月くん、すごく弱くて……」

「……」

「皐月くん、いっぱいけがして……動かなくなっちゃった……」

ミチルの声が乱れ始めた。嗚咽《おえつ》を漏らし始めるのにそう時間はかからなかった。

「大丈夫、俺は生きてるよ」

「生きてる」ミチルはそれを確かめるように、皐月の胸に耳を押し当てた。「葉月くんが言ってた。お胸の音がなくなっちゃうまで、葉月くんやお母さんは生きられるって」

「そうだね。音、聞こえるでしょ？　生きてる証拠だよ」

これでミチルは安心してくれると思ったが、やっぱり彼女は皐月から離れようとしなかった。

「ミチル、今日は一緒のお布団で寝ようか。ずっとお胸の音を聞いてていいよ。そうすれば、俺が生きてるってことが、ずっと分かる」

布団に入り、ミチルは皐月の胸にしばらく顔をうずめていたが、やがて力が弱まった。

ミチルは小さな寝息を立て始めた。

翌朝、皐月はいつもより早く起床した。

目覚まし時計は使用せず、アイフォンのアラームを、一息で吹き消せそうなくらいの音量で設定していた。となりで眠っているミチルを起こさないようにしようという配慮だ。いつもはたっぷり五分かけて布団から脱出するところを二分で済ますという快挙も成し遂げた。

台所へ行き、朝食の準備を始める。

バターを載っけた食パンをオーブントースターに入れて、つまみを回す。

ヒーターが二枚の食パンをジリジリと焼いているあいだに、皐月は目玉焼き作りにとりかかる。フライパンに、ハロルドから貰《もら》ったオリーブオイルを引いて、温まったところで卵を投下した。黄身が飛び散って、フライパンのところどころに黄色の斑点《はんてん》を描いた。

それでも皐月は無事な部分を死守しつつ、卵をもうひとつ、今度は慎重を期して投下した。黄身は割れなかった。それだけで皐月は、なにかを成し遂げた気分になった。

「おはよー……」

皐月が焦げた食パンをせっせとバターナイフで削っているところに、寝ぼけ眼をこすりながらミチルがやってきた。

「おはよう。もうすぐ終わるから待っててね」

座卓にトーストと目玉焼きが並べられると、ミチルは「わー！　ちゃんとした朝ごはんだ！」と叫んだ。彼女の言う「ちゃんとした」とは、要するに自炊したものという意味だ。いままでは、なんだかんだで朝は「ちゃんとしていない」ご飯が続いていたので、ミチルは喜びを露《あら》わにした。

しかし肝心のトーストと目玉焼きは、お世辞にもおいしそうとは言えなかった。トーストと目玉焼きにここまで苦戦する人間は、そうそうお目にかかれない。

「ごめんね。がんばってみたんだけどさ……」

皐月の言い訳を、ミチルは「いただきまーす」で遮ると、トーストに勢いよくかぶりついた。

「苦くなーい！」ミチルは歓声をあげた。「葉月くんはいつも苦くしちゃうんだよ。皐月くんはパン焼くのが上手なんだね！」

「あ、ああ……」

手痛い叱責《しっせき》に身構えていた皐月は、肩透かしを食らった。死刑を覚悟していたのに執行猶予がついたみたいな気分だ。

続いてミチルは、目玉焼きにケチャップをかけて食べ始めた。

「黄色いところが固くなってない！　やっぱり皐月くんは葉月くんよりお料理上手だね！お母さんよりは下手だけどー！」

皐月は、不思議な火照りを胸に感じた。昨夜、ミチルが耳を押し当てて安心していた部分だ。そこに温かいなにかが、たしかに宿っていた。

「ミチル」

皐月は改まった口調で言った。

「なにー?」

「俺さ、やっぱり夜は遅くなっちゃうと思うんだ。これからも」

「うん……」

ミチルの表情に影が差した。

「だから、夜ご飯は、一緒に食べられないことが多いと思う」

「うん……」

「でも、朝ごはんは、ぜったいに一緒に食べよう」

「え、いいの?」

ミチルは、驚きと喜びと期待と、そして期待が裏切られる恐怖を混ぜ合わせたような表情になった。

「うん。『ちゃんとした朝ごはん』を、一緒に食べよう」

「約束だよ!」

ミチルは前言撤回を恐れるように、皐月に約束を迫った。

「ミチルは指切りげんまん知ってる?」

「知ってる!　嘘ついたら針を飲ませるやつ!」

ふたりは小指を絡ませ、「嘘ついたら針千本のーますっ。指切った」と合唱した。

ミチルが皐月の小指を掴《つか》む力は、驚くほど強かった。

レシピ2　野菜の決意

「葉月《はづき》くんとお母さんはまだ帰ってこないの？」

ミチルは毎日、皐月《さつき》にそう尋ねてくる。とうぜんだ。両親のことが気にならないはずはない。

そのたびに皐月は「すぐに帰ってくるよ」の常套句《じょうとうく》で対応していた。そうしてミチルの不安は安堵《あんど》に変わる。

それが果たして正しい対応なのか、皐月は自信が持てなかった。

「葉月くんとお母さんはまだ帰ってこないの？」

「すぐに帰ってくるよ」

それでも皐月は、今日も常套句を口にする。

●

昔の夢を見た。

夢の中で皐月は、葉月と電話をしていた。

「皐月、お前のバイト先の近くに、野菜を使ったケーキを売る店があるだろ？　『シーズンズ』って名前の店だ」

「……いや、そんな店近くにないけど」

「おかしいな。お前のバイト先って池袋《いけぶくろ》だよな？　んで、その店は中目黒《なかめぐろ》にあるはずなんだが」

「ぜんぜん近くないじゃん」

「地下鉄で乗り換えなしで行けるだろ。東京人はそれを近いという」

「それを言ったら、兄さんの職場からだって近いじゃん。日比谷《ひびや》線で一本だし」

葉月のマンションは千葉県の船橋《ふなばし》にあるけど、職場は東京の霞《かすみ》が関《せき》だ。中目黒へは仕事帰りに気軽に行ける。

「……まあいいや」議論は平行線を辿《たど》りそうな気配を醸し出していたので、皐月は一歩引くことにした。「それで、その野菜ケーキの店がどうしたの？」

「まだまだ先の話になるけどさ。誕生日パーティーの日、そこでケーキを受け取ってきてほしいんだ。ちと遠回りになっちゃうけど、頼むよ」

葉月が頼み事をするのは、とても珍しいことだった。彼はなんでも自力で解決しようとする、行動力豊かな人間なのだ。そんな彼が頼み事をしてきたと思ったら、ケーキを受け取ってきてほしいという。

　自力でどうにでもなりそうなことをわざわざ頼んでくる葉月に違和感を覚えた皐月は、ふたつ返事でOKできなかった。

「パーティーの主役にそんな雑務を押し付けちゃうのは申し訳ないんだけどさ」と葉月は続けた。「でも、俺が受け取ると、うまくいかない可能性があってさ」

「ん？　どういう意味？」

「俺は何度も失敗してるからな」

　ますます意味が分からない。

「まあ、ケーキ受け取るのはぜんぜん構わないんだけどさ」皐月は言った。「それにしても、誕生日に野菜ケーキって、ずいぶんとマニアックで、常識的じゃないチョイスだよね」

「弟よ、常識を疑え――子どものころから口を酸っぱくして、そう言い聞かせてきたはずだぞ」

　そんなこと一度も聞いていないが、皐月は素直に引き下がることにした。

「よく分からないけど、かしこまった」

「さんきゅ！　代金はもちろん払う。誕生日プレゼントに、お前が欲しがってたお古のニコンの一眼もやる」

「……マジ？　前言撤回はなしだぜ？」

「ああ、二言はないよ。ニコンはあるけど」

「ふーん」

「ま、くれぐれも忘れないでな。くれぐれも」

どんだけ野菜ケーキが食いたいんだよと、皐月は吹き出しそうになった。

電話が切れるのと同時に、皐月は目を覚ました。

頬が冷たかった。

布団で仰向《あおむ》けになったまま、皐月は涙を袖《そで》で拭《ぬぐ》った。

「なんで、泣いてるんだろう……」

皐月はしばらく天井を眺めていた。まるで、涙を流した理由が天井に書いてあって、それを熱心に読み取ろうとしているかのように。

「あ、そういえば」

皐月はあることに気づいた。

先日、切子が言っていた。ミチルの誕生日は五月だと。

そして、皐月も五月生まれだ。

「あー、そういうことか」

生前の葉月が電話で言っていた、「ふたりの誕生日を盛大に祝うよ」というセリフ。あれは、皐月とミチルの誕生日を一緒に祝うという意味だったのだ。すると、ミチルの誕生日は……。

「おはよー」

ミチルが目を覚ました。

皐月は、ミチルに誕生日を聞いてみた。

「五月の、ごにちだよー」

五月五日。予想したとおり、皐月の誕生日とドンピシャだった。

●

五月になった。心地よい陽気を内包した空気が、人々に衣替えの準備を急《せ》き立てる。道端の植え込みには、黄菖蒲《きしょうぶ》やツツジの姿が目立つようになってきた。

ミチルは無事、保育園に通うことができるようになった。ハロルドに預ける方法を採用し続けたほうが金銭的には有利だが、それではミチルに友達ができないと判断し、保育園に預ける方法を選んだ次第だ。

現状、帰りが遅くなりがちな皐月に代わって、ハロルドがスカイラインGT‐Rで保育園にミチルを迎えに行くことが多い。ハロルドの負担は以前より増したことになる。それでもハロルドは、保育園にミチルを預けることを決めた皐月を「グッドチョイス」と称賛した。

保育園の選考の際にも「ミスター皐月。保育園の入園書類は、とにかくアピールが大切ですよ。ここに入れないとどんなに大変なことになるか、ここに入れればどんなにミチルちゃんのためになるか、それを伝えるのです」などとアドバイスをくれた。そして皐月は書類の備考に、小説で鍛え上げたセンセーショナルな文章をしたため、見事に入園の権利を獲得した。

ミチルは持ち前の笑顔と明るさで、わずか一週間で保育園の人気者になった。やはりアイドルの素質があると、皐月は改めて思った。

皐月は平日も、家に帰ると小説の執筆をする。

Gmailを開くと、担当の編集者からメールが届いていた。小説の進捗《しんちょく》を問う内容だった。皐月は順調ですと返したが、じつはまったく順調ではなかった。彼はもともと、さまざまなことを同時にこなせるほど器用ではない。いまはやることが多すぎる。そのほとんどは、ミチルに関してだ。もちろんミチルを責める気は毛頭ないけど。

「皐月くん見てー。保育園でね、鶴さん習ったの」

ミチルが皐月の袖を引いて、折り紙の鶴を見せてきた。皐月は執筆の手を止め、「上手だね。俺は鶴さん折れないから、教えてくれるかな?」と言った。ミチルは待ってましたとばかりに、皐月にレクチャーを始めた。

　こんなことをしているから、一向に小説が進まない。皐月はそれを理解していたが、ミチルの相手をするのが楽しくて仕方なかった。ミチルと会うまでは、子どもなんて金輪際いらないと思っていたけど、その考えはいまや、ピサの斜塔くらいには傾いている。

　皐月はきちんと、ミチルとの約束を守っていた。昼食と夕食を一緒に食べられない代わりに、朝は必ずふたり一緒に「ちゃんとしたごはん」を食べるという約束。

「ミチル、保育園はどう？　楽しい？」

　家の外からは、雀のさえずりや、ごみ収集車のうなり声、そしてやたら声の大きい主婦さんの会話が聞こえてくる。いつもどおりの朝だ。

　いつもどおり、皐月とミチルは座卓を挟んで朝食を食べている。

「これくらい楽しいけど」ミチルは両手を肩幅くらい開いてから「でもこれくらい嫌い」幅を縮めて割合を示した。楽しいが八割、嫌いが二割といったところだ。

「どんな嫌なことがあるの？」

「悠人《はると》くんがイジワルするの！」

「悠人くんが？　挨拶《あいさつ》をちゃんとできる、いい子だと思うけど」

「ミチルにはイジワルするんだよ！　昨日は砂場に埋められそうになった！」

「なんだって⁉」

「ま、最後はミチルが悠人くんのこと埋めたけどねー！」

「へぇ……」

ミチルは案外喧嘩《けんか》が強いようだ。

「でも、ちゃんと仲直りしないとダメだよ、ミチル」

「えー、やだー！　ホンフホ！」

「ほ、ホンフホ……？」

聞いてみると、どうやら「ほんと不本意」の略語らしい。保育園で流行《はや》っているようだ。

「どうしてホンフホなの？」

「悠人くんとは、あれなんだもん。あれ。そう、ウシが合わない！」

「そっか。でもどうしてウマが合わないんだろうね？　それを考えてみよう」

「悠人くんはピカチュウよりジバニャンのほうがかわいいって言うの！」

「嘆かわしいことだ。ぜったいピカチュウのほうがかわいいよね」

と、こんな調子に、朝食のときは会話がはかどる。皐月は朝食の際に、ミチルの近況を知ることが多い。

ミチルの笑顔が、皐月のバイト前の憂鬱《ゆううつ》を優しく薄めてくれるのも、うれしい副産物だ。

誰かと朝食をともにする楽しさを、皐月は日々ミチルに教えられていくのだった。

しかし、一見パーフェクトに見える朝の食卓にも、困った問題があった。

「ミチル、レタスきらーい」

皐月はこの日、ハムクロワッサンサンドを作った。クロワッサンの側面に切りこみを入れ、そこに薄切りのハム、カッテージチーズ、レタスを挟んだものだ。ふたり分でも五分とかからない。なんだかんだ言って朝はやっぱり時間に余裕がないので、手軽に手早く作れるものが求められる。皐月は暇を見つけてはネットで情報を収集し、ときにはハロルドから指導を受けた。ゆえに、皐月の朝食レパートリーは、日に日に増えていた。

「こらこら。昨日もトマトを食べなかったじゃないか。好き嫌いはよくないよ」

「だって嫌いなんだもん！　ホンフホ！」

ミチルはレタスをクロワッサンから抜き取ると、皿にポイッと放り投げた。そのレタスは皐月が代わりに食べた。

ミチルは好き嫌いが激しい。とくに野菜は食べない。

「皐月くんは」ミチルはどうしてか、とても慎重な様子で言った。「ミチルのこと、ぶつ？」

「……え？　ぶつって、叩《たた》くってこと？」

「うん」

「まさか！　ぜったいにぶたないよ」

「ほんと？　ミチルがお残ししても、ぶたない？」

「ぶたないよ。えっと……」今度は皐月が慎重になる番だった。「ぶたれたことが、あるの？」

「うん」

「誰に？」

「お父さんに」

皐月は氷柱《つらら》で心臓を突き刺されたような気持ちになった。

え？　兄さんが、暴力を……？

「そ、そんなはずはないよ、ミチル。きっとなにかの間違いだよ。間違って、手がぶつかっちゃったりしただけだよ。ね？」

「ううん。一回だけじゃないもん。何回も、ぶたれた」

皐月は考えた。

ミチルは、両親の死を認めたくないあまり、記憶を一部都合のいいように書き換えている。それに伴って、葉月に関する情報も書き換わってしまったとしても、不思議ではない。いや、不思議ではあるけど、ありえない話では決してない。

皐月は次々と、都合のいい設定を考えた。さすがは作家だけあって、物語を生み出すのにはさほど苦労しなかった。

「皐月くん、早く食べないと遅刻しちゃうよー」

想像の海に沈んでいた皐月は、ミチルの声でハッとなった。

それと同時に、葉月への疑惑は、風船を針でつついたみたいに弾《はじ》けて消えた。

葉月が子どもを殴るような人間でないことを、皐月は誰よりもよく知っているのだから。

●

ミチルは、好きな食べ物であっても、調理の具合によっては食べてくれないことがある。代表的な例は目玉焼きだ。もはや朝食のレギュラー的存在で、皐月はほとんど毎朝作っている。今日も例外ではない。ミチルは、片面焼き《サニーサイドアップ》で、黄身の表面にうっすらと白い膜ができる塩梅《あんばい》の焼き加減を好む。卵を軽く焼いたあと、水をすこし加えて蓋《ふた》を閉めて、蒸し焼きにする方法を、皐月は採用している。しかし焼きすぎてしまうこともあり、そうなるとミチルは顔をしかめて「黄色のところかたーい」と文句を言う。文句を言いつつ食べてくれることもあれば、食べないこともある。困ったものだ。

しかし皐月は、強いて焦る必要性を感じなかった。子どもなんだから、好き嫌いが多いのは当たり前だ。そのうち自然と、好き嫌いはなくなる。そう考えていたので、ミチルがお残しをしても、けっきょく笑って許していた。

ハロルドはそんな皐月を「バッド！」と評価した。「ミスター皐月の対応は、ミチルちゃんを見事にスポイルしていますよ」

「でも、言い聞かせても食べてくれないんですよ……」

「ボクはミチルちゃんに夕食を作ることが多いですが、野菜を食べてもらえるような工夫をしていますよ」

「どんな工夫でしょうか？」

「存在を隠すのです。例えば、もうそれが野菜だと分からなくなるくらい切り刻んで、ハンバーグに練りこむとか。いっそのことドロドロに溶かしてスープにしてしまうとか」

「けっこう手がかかりそうですね……」

「ええ、そうなんですよ」ハロルドは肩をすくめ、それからポケットからコーヒーキャンディを取り出して口に入れた。「ミチルちゃんは野菜仕分け人として遺憾なく才能を発揮しています。料理の中から野菜を目ざとく見つけては、皿のすみっこに追放します」

「ご迷惑をおかけしています……」

「オーライオーライ」ハロルドは顔の前で手を振った。「最近じゃあ、楽しくなってきていますよ。ミチルちゃんに気づかれないようにどうやって野菜を料理に取り入れるか。そして作戦が成功したときの達成感というか充実感というか、そういうのが快感になってきていますしてネ」

こんなとき、葉月ならどうするだろうと、皐月は考えた。そして葉月の不在を思い出し、自然と気持ちが沈んだ。こんな風に、悲しみは日常の隙間を目ざとく見つけて入りこんでくる。

しかしいつまでも落ちこんではいられない。葉月は葉月。自分は自分だ。

皐月は自分にそう言い聞かせ、とにかくネットで情報を収集しては、実践した。

だが、皐月の努力も空しく、ミチルは野菜仕分け人として日に日に成長していった。どんなに細かく刻んでも、ペーストにしても、スープにしても、ミチルは野菜を食べない。

野菜だけではない。生魚、酢の物、キノコ、コンニャク、梅干し、エトセトラエトセトラ……。ミチルの好き嫌いは激しさを増すばかりだ。お残しをしても皐月が許してくれることを、ミチルはきちんと理解しているからだ。『コーポ・ステファニー』で同居を始めたばかりのころは、「好き」と「嫌い」の狭間《はざま》に位置する食材については、ミチルはきちんと食べていた。しかしいまでは、明確に好きなものしか口にしなくなっていた。

とはいえ、ミチルの健康状態は良好だ。皐月はやはり危機感を覚えきれずにいた。

そんな彼の意識を決定的に変えるきっかけとなったのは、ケーキだった。

今日は五月五日。皐月とミチルの誕生日だ。

ゴールデンウィークの中日で、皐月はバイトが休みである。だからミチルと一緒に夕飯をゆっくり食べることができる。皐月は恐ろしく時間をかけてビーフシチューを作った。

そして、それを寝かせているうちに、彼はチーズケーキを購入するため、ミチルを連れて近所の洋菓子店へ向かった。ミチルはチーズケーキが好物なのだ。

しかし。

「休業……」

洋菓子店はシャッターが下りていて、休業を知らせる張り紙がしてあった。病気とか、オーナーが失踪《しっそう》したとかではなく、どうやら従業員みんなで旅行に出かけているようだった。たしかに店員同士の仲がよく、和やかな雰囲気だったなと、皐月は思い出した。

皐月は違う洋菓子店を探すため、ポケットからアイフォンを取り出そうとする。しかし家に忘れてきてしまったらしく、ポケットの中には捨て忘れたレシートしか入っていなかった。

皐月は考えた。スーパーにもケーキは売ってるよな。でも、ホールのやつはなかなか置いてないよなあ……。

「ねえ、ミチル。丸いケーキじゃなくて、こういう三角のケーキでもいいかな？」

皐月は、手で三角形を作って尋ねた。

「やだー！」ミチルは断固拒否した。「大きいまあるいケーキがいい！」

「うん。まあ、そうだよね」

やはり子どもにとってケーキという食べ物は、大きくて丸くなくちゃならない。たとえシンプルな見た目のチーズケーキであっても。

ひとまず、インターネットへダイブするため、皐月は家に戻ることにした。

『コーポ・ステファニー』に到着すると、ちょうど一階のカフェからハロルドが出てくるところだった。彼はレモン色の如雨露を携えている。カフェの前には鉢植えが並べてあって、そこには、ピンク、紫、白のブーゲンビリアの花たちが咲いている。

「おや？　ケーキを買いに行ったのでは？」

ハロルドは、手ぶらの皐月を見て首を傾げた。

「ええ、それが……」

皐月は、行きつけの洋菓子店が休業だったことを話した。

「災難でしたネ」とハロルドは言った。「しかし、ふつう誕生日ケーキは予約しますよ」

「ですよね……」

結城《ゆうき》皐月、どこまでも計画性のない男である。

「ちなみに、ハロルドさんは、どこかほかにホールケーキ買えそうな洋菓子店知ってますか？　ここらへんで」

「心当たりはあります。しかし」ハロルドは、ブーゲンビリアへの水やりの手を止めて、小声になった。「せっかくですから、自分たちで作ってしまいませんか？」

「え？　俺たちで？」

「そう、我々で、イチから」

皐月もつられて小声になった。ハロルドは明らかに、ミチルに聞こえないように声量を調整していたからだ。

ミチルは鉢植えの前にしゃがみこんで「わー！　テントウムシさんだー！」と歓声をあげている。

「それでですね」と、ハロルドは話を再開した。「ついでに、ミチルちゃんの好き嫌いをひとつ克服させてしまうというのはどうでしょう？」

「と、言いますと？」

「我々で、野菜を使ったケーキを作るのです」

「なるほど。たしかに、ケーキに野菜をうまく取り込めば、ミチルも食べてくれるかもしれませんね」

意図を理解したものの、皐月は納得できなかった。今日は誕生日なのだ。自分と、そしてミチルの誕生日だ。自分はいい。どんなケーキでもまったく問題ない。しかしミチルは別だ。せっかくの誕生日なのに、ミチルにあえて苦手なものを食べさせるというのは、しょうじき間違っていると思った。常識的に考えて、誕生日に野菜ケーキって……。

――弟よ、常識を疑え――

皐月は唐突に、葉月の言葉を思い出した。彼は電話で、皐月に野菜ケーキを買ってきてほしいと言っていた。誕生日を野菜ケーキで祝おうとしている葉月に、やはり皐月は違和感を覚えていた。

「あ……」皐月の中で、点と点に一本の線が引かれた。「そういうことだったのか……」

葉月は、まさにハロルドと同じことを考えていたのだ。ミチルの好き嫌いを克服するために、野菜ケーキに白羽の矢を突き刺したのだ。

そして、もうひとつの疑問も氷解した。なんでも自力で解決したがる葉月が、あえて皐月にケーキの受け取りを頼んだ理由。

たしか葉月はこう言っていた。

──俺が受け取ると、うまくいかない可能性がある──

──俺は何度も失敗してるからな──

葉月はおそらく、そのときすでに一緒に住んでいたミチルの好き嫌いをなくすために、様々な工夫を凝らしていた。だけど、ミチルは料理の中からことごとく野菜を見つけては迫害し、頑《かたく》なに食べようとしなかった。やがてミチルは、葉月が提供する食べ物を警戒するようになった。葉月の料理には野菜が仕込まれているという認識が定着してしまったからである。よって、ますます野菜を食べさせるのが難しくなった。そこで葉月は、ひとつの手段として、野菜ケーキ作戦を立案した。作戦は、葉月ではない誰かがケーキを持ってくるのが重要だった。葉月が持ってきたら、いくらケーキといえど、ミチルは警戒して食べないかもしれないから。

「だから兄さんは、俺にケーキの受け取りを頼んだのか……」

第三者である皐月が持っていけば、ミチルは、まさかそれに野菜が仕込まれているとは夢にも思わないだろう。

「ハロルドさん。作りましょう。野菜のケーキを」

皐月は言った。

ハロルドは笑顔でうなずくと、扉の札を裏返して「CLOSE」にした。

使用する野菜は、人参《にんじん》に決定した。

「とはいえ、人参を取り入れたチーズケーキって、すごく難しそうですね」

『カフェ・ステファニー』の調理場に並べられた材料を見渡して、皐月は小声で呟《つぶや》いた。

材料は、人参、バター、砂糖、クリームチーズ、卵、薄力粉、生クリーム、レモン果汁だ。

「一応『カフェ・ステファニー』でもケーキを取り扱っていますけど、野菜を入れたものは初めてです。ボクもちょっと緊張気味です」

ハロルドも小声で言った。

ミチルは奥の休憩部屋でテレビを見ている。ケーキに人参を入れることを知られないようにするために、皐月とハロルドは小声で会話する必要があるのだ。

皐月とハロルドは、ネットで集めた情報をもとに、ケーキ作りに取り掛かった。

まずは下処理として、人参の皮をむき、薄切りにする。

「よし」とハロルドは気合を入れた。「では、いよいよ作り始めましょう」

鍋《なべ》に水とバターと砂糖、そして薄切りにした人参を入れる。水加減は、人参が水からほんのすこし頭を出している状態がベスト。そして、柔らかくなるまで煮る。指でつぶせる位になったら火を強めて、水分を飛ばす。

「煮物ですね」と皐月は言った。「これだけで食べても、甘くておいしそうです」

「煮物ではなく、グラッセですよミスター皐月」

「煮物もグラッセも同じ意味じゃないですか」

「グラッセのほうがシャレオツです」

グラッセになった人参を冷ましてから、クリームチーズ、砂糖、卵、薄力粉、生クリーム、レモン果汁と一緒にミキサーで融合させる。

そしてドロドロに混ざり合った液体を丸い型に流し入れ、170度で四十分くらい焼く。

「思ってたより簡単ですネ」ハロルドは拍子抜けしたみたいに言った。

「ネットですぐに、簡単な作り方を得られるのがありがたいですよね。クックパッド様様って感じです」

「ええ。いい時代になったものです」

焼きあがったら、十分に冷まして、型から外す。これで出来上がりだ。

「うわ、ふつうに見た目チーズケーキですね！　パッと見、人参が入っているとは分からない！」

皐月はつい大きな声を出してしまい、慌てて口をふさいだ。そして休憩部屋をそっと覗《のぞ》いてみたけど、ミチルはテレビに飽きてぐっすり眠ってしまっていた。皐月はホッと胸を撫《な》でおろした。

皐月は出来上がったケーキを、自分の部屋に持っていき、冷蔵庫に丁寧に保管した。

「問題がひとつ」一階のカフェに戻ってコーヒーを飲んでいるとき、ハロルドはふと思い出したように言った。「味見ができません」

「たしかに……」

味見をするとなると、ケーキの一部を切り取ることになる。しかしそれでは、無傷の丸いケーキをミチルに提供することができない。

「ここはネットの情報と、我々の手腕を信じましょう」

ハロルドはそう言った。

窓の外では、藍色《あいいろ》が深い闇にゆっくりと飲みこまれていっている。そろそろ夕飯の時間だと、空が人々に語り掛けているみたいだった。

「ミチル人参きらーい。あとブロッコリーもー」

ミチルはビーフシチューの皿から、人参とブロッコリーを見つけては流刑に処していく。皐月とハロルドの皿には、どんどん人参とブロッコリーがたまっていく。

ミチルは牛肉とジャガイモが好物で、なおかつシチューの味付けもうまくいっていたため、人参とブロッコリー以外は特に問題なく食べていた。

夕飯を食べ終えると、いよいよケーキの登場だ。

「ハッピバースデートゥユ〜、ハッピバースデートゥユ〜」

明かりが消されて闇に沈んだ『コーポ・ステファニー』202号室。台所から、ハロルドが陽気に「Happy birthday to you」を口ずさみながら、ケーキを持ってくる。皐月とハロルドが作った、キャロットチーズケーキ。ケーキには、火のついた蠟燭《ろうそく》が五本刺さっている。

「ハッピバースデーディア、ミチルちゃん&ミスター皐月ィ〜」

ハロルドはケーキを座卓に置いた。

「わー！　まあるいチーズケーキだ！　おいしそう！」

ミチルは歓声をあげた。

よし、ひとまず見た目の問題はクリアだ。

「ハッピ、バー、スデー、トゥ〜、ユゥ〜」

歌が終わると同時に、ミチルが蠟燭を吹き消す。一発で五本とも消えた。

ぱちぱちぱちと、皐月とハロルドが拍手をして、それから電気をつける。

ケーキを切り分ける作業は、ミチルの希望で、彼女自身がやった。けっこう器用で、きれいな二等辺三角形が、それぞれの小皿に取り分けられた。

「いただきまーす！」

ミチルはさっそく、フォークをケーキに突き刺して、切り取った欠片《かけら》を口に放りこんだ。

皐月とハロルドは、空中でフォークをぴたりと止めて、ミチルに熱視線を注いでいる。

まるで体が石になって、ミチルがキーワードを言うまで元に戻れない――そんな呪いにでもかかったように。

「おいしい！」

ミチルのその言葉で、皐月とハロルドにかけられた呪いは解ける。ふたりの表情は安堵《あんど》に染まり、手はケーキを口に運ぶために行動を始めた。

「うん、イケる！」

皐月は大きくうなずいた。

人参独特のくさみは、チーズの後ろにすっかり隠れてしまっている。甘みも酸味もしっかり感じられる。食感もしっとりしていて、オーソドックスなチーズケーキに仕上がっている。よく味わってみると、隠れている人参の風味を発見できるけど、それは、嫌われ者の「臭み」から人気者の「甘み」に生まれ変わった姿として、だ。

皐月とハロルドは目くばせをして、無言で成功を称《たた》えあった。

「あ、そうそう」

皐月は立ち上がって、押し入れから包装紙に包まれたなにかを取り出した。

「ミチル、プレゼント」

皐月がそれを手渡すと、ミチルはさっそく包装紙を破いて中身を確認した。

「で、でたー！」

ミチルは目を輝かせ、うれしい悲鳴をあげた。

中身は、ピカチュウの等身大ぬいぐるみだった。

「皐月くん、ありがとう！」

ミチルはぬいぐるみをギュッと抱きしめながら言った。

「喜んでもらえてうれしいよ」

皐月が、いままで味わったことのない類《たぐい》の幸福感を噛《か》みしめていると、

「ミスター皐月には、これを」

ハロルドが、皐月に小さな包みを差し出して言った。

「え？　もしかして、プレゼントですか？」

皐月は包装紙を破く。すると、黒くて平たい箱が現れた。そしてその箱を開くと、折り畳みの革財布が入っていた。

「おお！　ちょうど新しい財布が欲しかったところだったんです！」

皐月はもう十年以上、財布を買い替えていなかった。いよいよ小銭入れに穴が開き、財布としての役割に支障をきたすフェイズまで被害は進行していた。ゆえに、新しい財布のプレゼントは掛け値なしに飛び上がるほどうれしかった。

「しかもヴィヴィアンじゃないすか！」自腹では決して手を出せないブランドものに歓喜した皐月だが、だんだん申し訳なくなってきた。「これ、高かったのでは？」

「オーライオーライ。楽天で半額セールだったんです。お気になさらずに」

なにからなにまで、ハロルドには世話になりっぱなしだ。

皐月は丁寧にお礼を言って、さっそく現金やカードを新しい財布に移し替えた。それから、ケーキの続きを食べ始めた。

ミチルも、ピカチュウを隣に座らせて、またケーキを食べ始めた。

誕生日から一夜明け、土曜日。

皐月は二十七歳から二十八歳に。ミチルは四歳から五歳になった。

今朝の朝食は、昨夜の余りのビーフシチューだ。

「ごちそうさまー」

ミチルはビーフシチューを食べ終え、手を合わせた。皿のすみには、ブロッコリーが寄せられている。相変わらず、好き嫌いをしている。しかし彼女は、人参はきちんと食べた。

昨日までは人参を、お気に入りの服についたシミのように嫌っていたにもかかわらず、だ。

ミチルが一夜にして人参を食べられるようになったのは、むろんケーキのおかげだ。

昨夜の食事中、皐月はミチルにネタばらしをした。「そのケーキには、人参が入っているんだよ」と。

ミチルは驚いていた。

「人参の味しないよ」

「でも、たしかに人参が入ってるんだよ。ミチルは人参の味を知らなかっただけなんだ」

けっきょくミチルは、ケーキをおかわりしたのだった。

ケーキに混ぜて、とりあえず人参をミチルに食べさせることができたわけだけど、彼女の人参嫌いを克服できたとまでは、皐月は思っていなかった。ついさっきまでは。

でも驚くべきことに、ミチルはビーフシチューの人参をきちんと食べた。

皐月は理解した。ミチルはいわゆる食わず嫌いで、一度おいしく食べることができれば、その食べ物への抵抗は瞬く間になくなってしまうのだと。

皐月は心の中で、葉月に戦果を報告した。

野菜のケーキを食べさせるという兄さんの作戦は、見事に成功したよ。おめでとう。

皐月は心に決めていた。ミチルの好き嫌いを、葉月とルリに代わって必ず克服させてみせると。

昼食は、チャーハンと、それからコンソメスープを作った。チャーハンにもスープにも、ミチルの苦手な玉ねぎが入っている。

チャーハンに入っているみじん切りは、なんとか食べられるようだけど、スープに入っている薄切りの玉ねぎは、やはりダメみたいだ。いただきますをして間もなく、案の定ミチルはスープの玉ねぎを迫害し始めた。ひとつひとつ箸《はし》でつまんでは、べつの小皿へ流刑に処していく。

「ミチル、こんなお話があるんだ」

皐月は、あたかも「そういえば」って風を装って言った。でもじつは、今朝から『お話』をミチルに聞かせようと計画していた。

「これはね、結城端午《たんご》って人が書いたお話なんだけどね」

結城端午とは、皐月のペンネームである。しかしミチルは、そのことを知らない。そもそも皐月が小説家であることすら知らない。皐月は基本的に、相手から聞かれるまで自分のことを語らない性格なのだ。たとえ相手が五歳の女児であっても、そのスタンスはぶれない。

「どんなお話なの？」

ミチルは興味を示してきた。

「いまから話すね。すぐ終わるから、しっかり聞いてね」

皐月はわざとらしく咳払《せきばら》いをしてから、脳内のワードに文章をしたためていく。そして、書き上げたものを逐次声に出して読んでいく。

「むかしむかし――ではなく、けっこう最近、あるところにひとりの少女がいました――」

――主人公は幼い少女。彼女は家が裕福だった。それゆえに甘やかされて育った。とくに食事については、手の付けようがないほどワガママだった。好きなもの以外には決して手をつけようとはせず、仮に口に入れてしまったら、その場でペッと吐き出す横暴っぷりだった。

彼女が食べなかった残飯は、両親の手によって、森の深くにある井戸に捨てられていた。

少女はそれを知っていた。しかし好き嫌いをなくす気は毛頭なかった。

ある日、少女の両親は外に出かけたきり、帰ってこなかった。

少女は待った。彼女は、自炊の術《すべ》を知らなかったし、そもそもなにが食べられるものでなにが食べられないものなのかすら知らなかった。魚は切り身の状態で泳いでいる。パンは空から降ってくる。ローストキチンはサンタクロースが魔法で作り出す。少女の世間知らずは、度を越えていた。彼女は日々、両親が用意した料理を食べて、マズイと思ったら吐き出せばよかったのだ。それらがどのような過程を経て食卓に並んでいるかなんて、露ほども興味がなかった。

少女は待ち続けた。家にこもって、両親の帰りをひたすら待った。

お腹が減った。だけどなにも食べなかった。だって、誰も料理を用意してくれないんだもん。それじゃあ食べたくても食べられるわけないじゃない。

どれだけ時間が経ったのか、少女はもうよく分からなかった。

ふと、少女は眩暈《めまい》を覚えて、床に倒れこんだ。だけど、何事もなかったかのようにすぐに起き上がった。すると不思議と、空腹感は消えていた。

眩暈は、彼女にひとつの仮説をもたらした。まるでその眩暈は、彼女に情報を届けるために放たれた矢文のようだった。

「お父さんとお母さんは、井戸に行ったのかも」

考えれば考えるほど、そうとしか思えなくなってきた。

少女はついに家を出た。そして森を進んでいき、井戸に到着する。しかしそこに両親の姿はなかった。

「落っこちちゃったのかな……」

少女は井戸を覗《のぞ》きこんだ。中は真っ暗で深く、底は見えない。何度か呼びかけてみたけど、返事はなく、自分の声が木霊するだけだった。

それでも少女は両親を呼び続けた。すると。

……りして……じゃ……めだ。

聞こえた。たしかに聞こえた。お父さんとお母さんの声が。わずかだけど、聞こえた。

「この中に、お父さんとお母さんが」

少女は、大胆にも井戸に飛びこんだ。どうしてか、怪我をするかもしれないという考えはまるでなかった。

——少女は、井戸の前で目覚める。

あれ？　わたしはさっき、井戸に飛びこんだはず……。

わけが分からなかったけど、彼女はひとまず町に戻って、大人たちに両親の捜索を手伝ってもらおうと考えた。

来た道を引き返しているとき、少女のお腹に空腹感が集団帰国した。ちょっとやそっとの空腹ではない。世界を丸ごと飲みこめてしまうくらい絶大な空腹だった。

しかし歩いても歩いても、森を抜けることができない。半べそをかきながら、すっかり日の暮れた暗い森を歩き続ける少女。そこへ。

「止まれ！」

茂みからへんてこな生き物が現れて、少女をとおせんぼした。

「……え」

少女はへんてこな生き物をまじまじと観察した。そして。

「人参《にんじん》！」

そう結論づけた。へんてこな生き物は、おそらく人参だ。一度だけ、母親が料理するのを見たことがある。オレンジ色で、細長くて、いかにもマズそうな姿をしていた。

その人参が、いま目の前にいる。だけど、記憶にある人参とはちょっと違う。いま目の前にいる人参には手足が生えていて、さらに目と口と鼻、あとおそらくどこかに耳もついている。

「そうさ、おいらは人参だ！　あんたにお残しされて、井戸に捨てられた人参だよ！　おいらは怒っている！　猛烈に怒っている！　よくもおいらをお残ししてくれたな！」

「だってあなた、おいしくないんだもん」

「きー！　今日という今日は許さんぞ！」人参は地団太を踏んで、ひととおり怒りを表現したあと、「みんな、出てこい！」と叫んだ。

すると、森の奥から出てくる出てくる……。へんてこな野菜たちが！

さすがに少女は肝を冷やした。へんてこ野菜たちの数が尋常ではないからだ。彼らはそろって目に怒りを灯《とも》して、少女を睨《にら》みつけている。

危険を感じた少女は踵《きびす》を返して逃亡しようとするが、すでに背後もへんてこ野菜たちでふさがれていた。右も左も、後ろも前も、木の枝の上にまで、へんてこ野菜たちが立っている。そして少女をまっすぐ睨んでいる。

完全に周囲を囲まれてしまっていた。よく見ると、野菜だけではなく、キノコや山菜、納豆や梅干しといった面々も確認できる。彼らに共通しているのは、少女の嫌いな食べ物、という点だった。

「おいらたちはみんな、あんたにお残しされた食べ物たちだ！　井戸に捨てられた食べ物たちだ！　さあ、今日はあんたに、たっぷり仕返しをしてやる！」

少女は恐怖で声も出なかった。ただひたすら、神に祈った。

「お前たち、早まるんじゃない」

男の声が降ってきた。文字どおり、声は上から下に降ってきたのだ。

少女は空を見上げた。

夜空は、木々の枝葉で歪《いびつ》に切り取られている。ふるいにかけられて力の弱まった満月の光が、森の中に静かに注がれている。

「ええ！」

最初、それは枝葉に遮られて、正体が分からなかった。だけど、距離が縮んでいくにつれて、それはだんだんと像を結び始めた。それは人間の形をしていた。ひとつ人間と違うのは、背中に神々しい翼を生やしているという点だ。

翼の男は、ゆっくりと地上に降りてくる。

「天使様！」人参が叫んだ。

どうやらこの男、天使らしい。たしかに、純白の翼を生やした彼は、天使と形容するのがいちばんしっくりくる。

「お前たち」地上に足をつけた天使は、翼を仕舞って、それからゆっくりと周囲を見渡して言った。「この少女に仕返しをしたところで、なにも解決はしないぞ。お前たちがするべきことはほかにある。そうだろう？」

「たしかに、そうです」人参はしゅんとなってしまった。「おいらたちの使命。それは、おいしく食べてもらうこと」

「そのとおり」天使はうなずいた。「お前たちは、食べてもらうことで、その魂は天国の扉をとおることができる。だけど」

天使は少女に目線を移した。

「食べてもらえず、捨てられてしまった食べ物たちは、天国へ行くことができない。いまここに集まってきているのは、お嬢ちゃん、君がお残ししたせいで天国へ行けなかった食べ物たちなんだ」

「食べ物って、生きていたのね」

「そうだよ。君と同じ、命あるものなんだ」

「……わたし、悪いことしちゃってたのね。ごめんなさい」

少女は天使と、そして食べ物たちに頭を下げた。

「お嬢ちゃん。君は、ここにいる食べ物たちをちゃんと食べて、みんなの魂を天国に送ってあげるまでは、この森を出られない」

「え！　でもわたし、お父さんとお母さんがいなくなってしまったことを、町の大人たちに知らせないといけないの！」

「お嬢ちゃん、君のお父さんとお母さんはいま、神様のもとにいる」

「え？」

「お父さんとお母さんは、いま神様に叱られている。お嬢ちゃんの好き嫌いを見過ごしていたことを、怒られているんだ」

「わたしのせいで……」

「だから早く、好き嫌いをなくして、神様に教えてあげよう。そうすれば、神様はお父さんとお母さんを返してくれるよ」

「だけど、わたし、不安なの」少女は、周囲のへんてこ食材たちを見渡した。「この子たちを、ちゃんと食べてあげられるか……」

「大丈夫さ、僕に任せて！」天使は胸を張った。「僕ががんばって料理するからさ。だから お嬢ちゃんも、がんばって食べてみてほしいんだ」

「うん」やはりちょっと不安だったけど、少女はうなずいた。「がんばってみる」

「よし、これは友達同士の約束だ」

天使は小指を差し出して言った。指切りげんまんをしようとしている。

「友達……？」

「そうさ。今日から僕らは友達だ」

それは、少女にできた初めての友達だった。

「友達って、どんなものなの？」

「一緒に遊んだり、一緒に料理をしたり、一緒にごはんを食べたり、一緒に泣いたり笑ったりする人のことだよ」

「一緒に……」少女は、その言葉をかみしめた。「素敵ね、友達って――」

「――こうして少女は、天使さんと一緒に好き嫌いをなくしていこうと決めたのでした。つづく」

物語をとりあえずしめくくり、皐月はふうと一息ついた。それからミチルの顔をちらりと見た。

「謎がとけた！」とミチルは叫んだ。「ミチルのところにお父さんとお母さんが帰ってこないのは、神様のところにいるからなんだね！　ミチルが好き嫌いをしちゃったから、神様に怒られているんだね」

「そうかもしれないね」

皐月はあくまで、断言はしなかった。

「皐月くんが天使さんだってことも分かったよ」

「そうかもしれないね」皐月はうんうんとうなずいてから、「え？」と首をかしげた。「天使って、えっと、どういう意味？」

「お話に出てきた天使さん、皐月くんのことでしょ？」

これは予想外だった。「好き嫌いをなくそう」という寓意《ぐうい》がきちんと伝わったのはシナリオどおりだったが、まさか皐月と天使を重ね合わせるまで没頭してしまうとは……。さすがに想像していなかった。

しかし皐月は「よく分かったね！　そう、じつは俺は天使なんだ！」と答えた。好都合だと考えたのだ。

「ミチル、俺がきちんと見てるからね。すこしずつ、好き嫌いをなくしていこう」

「うん！　はやく神様に許してもらって、お父さんとお母さんを返してもらう！」

ミチルは皿のすみに追いやっていた玉ねぎを箸《はし》でつまんだ。それから一分ほどにらみ合いが続いた。玉ねぎが優勢に思えたが、ミチルは思いきって食べた。

「どう？」

「んー……食べられる」

ミチルは顔をしかめていたが、想像していたよりはマズくなかったみたいだ。なんだ、玉ねぎってこんなもんか、って印象。

「えらいね」

皐月はミチルの頭を撫《な》でたあと、座卓のすみからメモ帳とボールペンを引き寄せた。

「あー、皐月くん、お食事中はごはんにしゅーちゅーしないとダメなんだよー。ごはんのときにお絵かきしたら、ミチル、先生に怒られたもん」

「ごめんごめん。でも、これはお絵かきじゃないんだ。神様に届けるための手紙なんだよ」

「皐月くん、神様のおうち知ってるの⁉」

「もちろん。天使だからね」

「なに書くのー？」

「ミチルはちゃんと、玉ねぎを食べられましたよって書くんだ。ミチル、自分で書いてみようか？」

「うん！　神様、お父さんとお母さんを返してくれるかな？」

「まだ玉ねぎと、あと人参だけだからね。ちょっと無理かな」

ミチルは「そっかあ……」と肩を落とした。

「でも、この調子で好き嫌いをなくして、手紙をいっぱいいっぱい送れば、神様はきっとお父さんとお母さんを返してくれる」

皐月の不用意な発言は、後々大きな災難を引き寄せる布石になるのだが、それが分かるのはまだ先のことだった——。

レシピ3　それぞれのカレーライス

「ストレスで幼児後退したのかと思ったよ」

池袋《いけぶくろ》駅近くの中華料理屋に入ってテーブルについたあと、結城卯月《ゆうきうづき》はポケットから紙切れを取り出して、そう言った。

それから卯月は、紙切れに書かれている文字を朗読し始める。

『たまねぎをちゃんとたべられました。えらいでしょー』

「うん」

「うん、じゃねぇよ。アラサーのしみったれた作家からこんな手紙貰《もら》っても、うれしくないし気色悪い。しかもそのしみったれた作家は実の兄ときた。気色悪さは倍増する」

卯月は、皐月《さつき》の妹である。彼女も皐月と同じく、都内でひとり暮らしをしている。今日は、友人が出演する舞台演劇を観るために池袋に来たそうだ。そして舞台を観終わると、皐月に「話がある」と言って呼び出した。

「卯月、お前は神様って設定になってるから、よろしくな」

「ちゃんと会話しろ……て言っても、無駄だよね。とりあえず早く頼むもん決めちゃお」

皐月はいわゆる不器用で、ふたつの物事を同時に進行できない。だからメニューから料理を選ぶというアクションと、卯月と会話するというアクションを同時にこなすことができないのだ。それを妹である卯月は理解していた。

皐月は肉野菜炒《いた》め定食。卯月は回鍋肉《ホイコーロー》定食を注文した。

「それから、瓶ビールを一本……」

「いえ、ノンアルコールのやつでお願いします」

卯月がビールを注文するのを遮って、皐月はノンアルに変更した。

「なんだよ、なんでノンアルなんかに？」

店員が去ったあと、卯月は皐月を睨《にら》みつけて言った。

「酒控えてるんだよ俺」

「だったらビールとノンアル両方注文すりゃあいいでしょ。あたしがビール飲んで、そっちがノンアルを飲む」

「だめだめ。目の前で飲まれたら、俺も飲みたくなっちゃうし」

「……ったく。なに？　健康診断でガンマGTPが高かったわけ？　なんかさ、兄弟そろって日和《ひよ》っちゃってさ。妹として、あたしは恥ずかしいね」

「ん？　兄弟そろってって、葉月《はづき》兄さんも禁酒してたのか？」

「そうみたいよ。去年の夏ごろ会ったとき、そう言ってた」

そうだったのか。まあ、葉月はそもそも極端に酒に弱い体質だったから、健康を気遣って禁酒していたのかもしれない。

ノンアルコールビールが運ばれてきた。

「ま、ひとまず」卯月はノンアルビールを注いだグラスを掲げた。「お疲れさん」

「お疲れさん」と言って、皐月もグラスを掲げた。「なにに対する『お疲れ』かは分からんが」

「人生に対する『お疲れ』だよ。んで、こんな夢も希望もない時代に生まれてしまった不幸極まりない我々兄妹《きょうだい》に乾杯」

かつんと、グラス同士が触れ合う。

とりとめのない話をすこししてから、卯月は本題に入った。

「皐月はさ――」

卯月は、兄である皐月のことを「皐月」と呼ぶ。幼少のころ、皐月は卯月に「お兄ちゃん」と呼ばせようとあらゆる努力をしたが、徒労に終わったのだ。

「皐月はさ、いつまでミチルちゃんを預かる気なの？」

「期限は決めてない」

「決められない、の間違いでしょ。皐月は明日のことすらろくに考えられない無計画男なんだから」卯月は、呆《あき》れるというよりは諦《あきら》めたような口調で言った。「親類のみんな、すごく心配してるよ。みんな、皐月のことを大馬鹿だと言ってる」

「分かってる。んで、とくに母さんは……」

「とくにお母さんは、皐月のことをそれはそれは怒っている。まあ、お母さんが怒るのも無理ないっしょ。生活力ゼロの皐月がいきなり四歳児——ああ、もう五歳になったんだっけか——を預かるなんて、無謀を無謀で洗ったような無謀よ」

皐月が反論しようとしたとき、ひどく不愛想な店員が肉野菜炒め定食と回鍋肉定食を運んできた。

「本題に入ろう」卯月はそう言うと、ポケットからもう一度紙切れを取り出して、それをテーブルに置いた。「まず、このキモチ悪い手紙はなんなの？」

皐月はノンアルビールをひと口飲んでから、ミチルの好き嫌いが激しいこと。好き嫌いをなくすために葉月が苦労していたこと。それを知った皐月が、ミチルの好き嫌い克服計画を引き継いだこと。食わず嫌いという難関を突破するために、物語を作って聞かせたこと。ミチルは物語を現実と混同し、のめりこんでくれたこと。それらを、かいつまんで卯月に話した。

「なんだ、じゃあこれは、ミチルちゃんが書いた手紙ってこと？　じゃあぜんぜん気持ち悪くないじゃん！　ちょーかわいいじゃん！　コペルニクス的転回！　てかミチルちゃん字が上手ねー！　えらいでしゅねー！」

卯月は、じつはミチルと何度か顔を合わせている。切子《きりこ》が、葉月とルリの葬式の手配をするのを、卯月もすこし手伝っていた。そして、そこでミチルと対面した。もちろん『葉月の娘』というブランド力も大きかったのだろうが、卯月はミチルを一目で気に入って、いろいろ世話を焼いていたそうな。

「ともかく状況は理解したよ」と卯月は言った。「嫌いなものを食べられたら、その都度神様に手紙で報告するというシチュエーションなわけね。でもミチルちゃんはその手紙を自分でポストに入れたがるから、手紙をこっそり引き出しに隠しておくわけにもいかない。そこで、妹であるあたしの住所を封筒に書いた」

「そうだ。これからも、お前の家に手紙が届くと思う。すまないけど、よろしく」

「べつに構わないけど、あたしはその手紙をどうすればいいの？　捨てるべき？　保管しておくべき？」

「保管しておいてくれ。まあ捨てても問題ないけど、なんか寂しいじゃん？」

ふたりはそれぞれ、食事に集中した。ライスのおかわりは自由なのだが、おかわりを頼むと店員に舌打ちされる。しかしその舌打ちは「あいよ」と同じ意味で、悪意はない。

食べ終えると、卯月が切り出した。

「皐月、さっきから言おうか言うまいか迷ってたんだけどさ」卯月は言ってから、やや間を空けた。「あのさ、ミチルちゃんに、早いとこ真相を話したほうがいいんじゃないかな？」

「お父さんとお母さんはもうこの世にいない、ってことをか？」

「そう。だってさ、皐月がやっていることは、絶望の先延ばしでしかないもん」

「絶望の先延ばし」皐月はオウム返しした。

「嘘はひと時の救済を与えるけど、同時に、より大きな困難にいずれぶち当たることを決定づけてしまうってわけ。分かるでしょ？」

「分からん」

ほんとうは分かっていた。

「皐月がやっているのは、爆弾の導火線を継ぎ足して延長するのと同じことさ。嘘を重ねて導火線を延ばしたところで、爆弾から爆発の危機を取り除いたことにはならない」

「でも、ミチルにほんとうのことを言ったとして、彼女は受け入れることはできない。兄さんとルリさんが事故で死んだことは、母さんたちがちゃんと説明したんだ。でもダメだった。ミチルは、記憶を都合のいいように捻《ね》じ曲げてしまっている」

「でも、皐月なら解決できるかもしれない」

「無理だろ」

「現に、皐月はミチルちゃんに、突拍子もないファンタジーを信じ込ませたじゃないの。神様やら天使やらって。物語の力でさ」

「まあ、そうだけど……」

「だったら、両親がすでにこの世にいないってことも、物語で伝えられるはずじゃない？幼い子ってのは、現実より、むしろフィクションにリアリティを覚えるものだって、子持ちの友達も言ってたよ」

「でも、物語っていっても、どうやって……」

「それは皐月の本分でしょうが。しみったれてるけど、一応作家なんだしさ」卯月はグラスの中身を飲み干した。「そろそろ出よっか。早く帰らないと、ミチルちゃんが心配するだろうし、ハロルドさんにも迷惑かかるだろうし」

ふたりは会計を済まして、店を出た。

午後六時前だけど、まだ空は明るい。季節は夏に向かって着々と歩みを進めている。

人間のごった煮みたいに混雑した通りには、様々な人々が歩いている。しかしみんな一様に浮かれて、心配事なんてなにひとつないという顔をしている。彼らが発する、意味のある言葉ひとつひとつが雑然と交じり合い、意味のない騒音となって空間にピン止めされている。

早くも活動を始めている居酒屋の客引きを回避しながら、皐月と卯月は池袋駅へ向かった。

卯月は、皐月と同じ血が流れているとは思えないほど小柄だ。そのうえ彼女は童顔なので、ふたりがそろって歩くと、兄妹っていうより親子って感じに見える。皐月は父親の血を色濃く引いて長身に、卯月は母親の血を色濃く引いて小柄な体格になったわけだ。だが、大きいけど眠そうな印象を与える目はそっくりで、それは母方からの贈り物だった。

「ところで卯月、お前の方は最近どうなの?」

「仕事はふつう。あ、ふつうっていうのは順調ってことね。あたしは基本なにもかも順調だから」

「はいはい」

「恋愛は絶好調! 新しい彼氏ができたわけよ」

皐月はため息をついて、「今度のやつはマトモなの?」と尋ねた。

卯月の、男を見る目のなさについて、皐月はもはや語るべき言葉を持たない。卯月が男の良し悪しを判断するとき、そこには幼児がダイヤモンドとガラス片を素手で選別するのに似た危うさがついて回る。

「ダイジョーブ博士。すごく優しい人だから」

「そのセリフ、もう百万回は聞いてるぜ。お前は一ヶ月以内に破局する。賭《か》けてもいい」

卯月と別れて家に帰ると、ミチルが「おかえりー!」と輝かしい笑顔で出迎えてくれた。

座卓の前にはハロルドが真剣な表情で座っていて、手をプルプル震わせながらトランプでタワーを作っている。しかしすぐに崩れ、「オーマイガッ! ミチルちゃんに五百万ベリー！」と叫んだ。なんの遊び？

「ああ、おかえりなさい、ミスター皐月。どうでしたか？　妹さんとの会合は」

「あいつは相変わらずでした。でも、穏やかになった感じはありました。ちょっと前までは、明らかに俺を軽蔑《けいべつ》していたのに、それが薄くなったような」

「あるいは、ミスター皐月が変わったのかもしれませんネ。それで、相対的に妹さんの印象が変わったとか」

「うーん、どうなんでしょう」

「軽蔑されていると思っているのは自分だけで、案外相手は好意的だった、なんてのはよくあることですよ」

ハロルドが帰っていくと、皐月はまずミチルの夕飯を用意した。土日は基本的に、皐月が昼と夜もご飯を作るのがルールだ。今回はハンバーグを作った。最近じゃ、ハンバーグも難なく作れるようになった。もちろんお店やハロルドや母親や元カノみたいにおいしくは作れないけど。

「おいしいよ」

皐月の不安を感じ取ったのか、ミチルはそう言って笑った。

「ありがとう。そう言ってもらえると、作った甲斐《かい》がある」

料理も作品なんだな、と皐月は思った。だって、褒めてもらえるとこんなにもうれしい。

ミチルはハンバーグと白米を完食した。一緒に作った野菜スープは、すこし残してしまったけど。

ミチルが、誕生日プレゼントのピカチュウを抱っこしながら動物番組を見始めると、皐月は小説の執筆にとりかかった。予定よりだいぶん遅れているので、がんばらないと。

だが、彼がワードを立ち上げたタイミングで、座卓のうえのアイフォンがブルブルと震え始めた。

「あー、ミチルこの漢字知ってるよー。ハハって読むんだよね。ハハはお母さんって意味！」

ネズミを捕まえて飼い主に献上する猫ちゃんみたいに、ミチルが誇らしげな表情でアイフォンを手渡してくれた。

「ありがとうミチル。ミチルはもう漢字が読めるんだね。お利口だなあ」

皐月は左手でミチルの頭をなでながら、右手で通話に応じた。しょうじき切子と話すのは乗り気ではなかったけど、無視すると後々めんどうだ。

「ミチルはどうなの？」

切子は前置きなしに本題を切り出した。いつもどおりだ。

「お利口にしてるよ。保育園にも通ってる」

「そのお金はあんたが出してるの？」

「うん。そりゃあ、俺しかいないし」

「あんたは妙なところで行動的ね。実の子でもないのに、なんでそこまでするのかしら」

皐月は反論をグッと飲みこんで、「ま、とにかく順調だよ」と答えた。

「いい話があるわ」と切子は言った。「鹿児島の星野《ほしの》さんのお家が、ミチルを預かってもいいって言ってくれてるのよ」

星野家は、結城家の親戚《しんせき》で、鹿児島で酒屋を経営している。人当たりがよくて、裕福だが傲慢《ごうまん》なところがなく、皐月も彼らには好感を持っていた。

しかし「預かってもいい」という言葉のニュアンスに、皐月は大きな反感を覚えた。もちろんそれは、切子をとおして語られた言葉であって、星野家の意図するところでないことを、皐月は重々理解していたが。

「そうなのか。でも、ミチルは俺がもうしばらく預かるよ」

「皐月」切子の声の硬度が増した。「あんたはもう二十八なのよ。いまを逃したら、もう一生浮かび上がれなくなる。小説を書くことに関しては、もうなにも言わないわ。好きにしなさい。でも、だったらそれに一生懸命にならないといけないでしょ。他人の——他人と言うのは語弊があるかもしれないけど——子どものめんどうを見るのに時間を割くなんて、ばからしいと思わないの？」

「それは……」

執筆時間を犠牲にしてミチルに尽くしていると、ふいに「なにやってんだろ俺」と思うことが稀《まれ》にある。しかしそんな気持ちも、ミチルと朝食をともにすればきれいさっぱりリセットされる。

「ま、とにかくそういうことだから、ミチルを手放したくなったら、すぐに言いなさい。出来の悪いあんたは、人一倍自分のための努力をしなくちゃならないの。ほんとうは、ミチルの世話なんかしてる場合じゃないの」

電話が切れた。

ミチルの好き嫌い克服レッスンは、主に朝食の時間だ。というのも、ミチルは自分が好き嫌いを克服したところをきちんと天使に見てもらう必要があり、天使ということになっている皐月とともに食事をとれるのは、主に朝だからだ。

皐月は週ごとに、パンとご飯を使い分けていた。今週はパンの週である。トーストは、ほんとに便利だ。具材を乗っけて焼くだけでいい。それで立派な朝ごはんになる。

今日は納豆チーズトーストだ。材料は食パンと納豆ととろけるチーズ、そして刻みねぎ。納豆は付属のたれとからしを混ぜてから食パンに載せる。その上にチーズと刻みねぎをのせて、トースターで焼き上げる。トースターで焼き上げる時間も含めて、十分あればふたり分できてしまう。ちなみに、ねぎはあらかじめ刻んだものをタッパーに保存してあるので、朝包丁を使う必要はない。

ミチルは納豆とねぎが嫌いだ。例によって食わず嫌いである。しかしチーズは好物だ。嫌いなものと好物を組み合わせ、すこしでも食べやすくしようという皐月の配慮の結果だ。

ミチルは毒見をするかのようにひと口かじると、「あ、おいしい！」と言った。そして瞬く間に平らげてしまった。その際、きちんと自分が好き嫌いを克服できたということをアピールするのも忘れない。彼女はチラチラと皐月に目線をやりながら、無言で「褒めて」と伝えてくる。

皐月もコーヒーを飲んだあと、トーストをかじった。印象的で濃厚な香りが、口にふわっと広がる。納豆のくさみは、焼けたチーズの香りに包まれて、存在感を薄めている。クセの強い納豆のにおいが決して主役にならず、アクセントとして脇で光っていることで、全体として、食欲をそそる香ばしさが提示されている。これなら納豆が苦手な人でも手を出しやすい。ときおり思い出したようにねぎの歯ごたえがやってくるので、飽きがこないのもうれしい。

ミチルは、オレンジジュースをすすって、コーヒーを飲む皐月の真似をした。ミチル用のジュースも、日ごとに変えている。オレンジ、アップル、グレープのローテーションだ。

次の日の朝は、ベーコン&クレソントーストだった。食パンにバターを塗って、食べやすくカットしたベーコンとクレソンをのせて焼くだけだ。これまた十分とかからない。なお、包丁やまな板を洗うのは面倒なので、素材は基本的に手でちぎる。ミチルはベーコンが大好きだが、クレソンは苦手に違いなかった。しかしクレソン特有の辛さと苦みは完全に(完全と言っても差し支えないだろう)消えており、それでいてシャキシャキとした歯ごたえだけは残っている。その歯ごたえが野菜っぽさを喚起するのではと心配した皐月だが、ミチルは難なく完食した。やはりベーコンの力が大きかったのだろう。

次の日の朝は、梅干し、しらす、チーズのトーストだ。バターを塗った食パンにそれらを載せて焼くだけだ。ミチルは梅干しを食わず嫌いしているが、そのトーストは、ときおり「すっぱい」と感想を漏らしながらも、とくに滞りなく食べた。皐月もかじってみると、なるほど、梅干しの酸味がむしろ食パンとチーズの甘みを引き立ててくれている。しらすの柔らかな食感と塩気も楽しい。

今朝は、たまたまいつもより早く起床したということもあって、皐月は即席スープも一緒に作った。即席ではあるけど、市販の粉末スープをお湯で溶かすわけではない。一応、きちんと作るのだ。作り方は簡単。カップに醬油《しょうゆ》とザーサイと乾燥わかめを入れて、お湯を注ぐだけだ。お湯が沸いた状態からカウントすれば、一分とかからない。もちろんこれ以外にも、さまざまなレシピがある。味噌《みそ》とミニトマトとバターのスープ。鶏がらスープの素と万能ねぎと塩胡椒《こしょう》のスープ。塩昆布と三つ葉と桜えびとゴマのスープ。もずく酢と豆腐とわかめと青ねぎと生姜《しょうが》のスープ……エトセトラエトセトラ。ネットを巡れば、さまざまな即席スープレシピがじゃんじゃん手に入る。皐月はそれらの中からとくに簡単そうなものを取捨選択し、レパートリーに加えていた。簡単さの基準としては、まな板と包丁を使わずに手で材料をちぎれること。そして、材料を加熱する必要がないこと。この二点を重視している。

朝食を終えると、支度をして、ふたり揃って家を出る。その途中、ポストに神様への手紙を投函《とうかん》するのも日課だ。

ミチルはやや緊張した面持ちで、ポストに手紙を入れた。そしてひと仕事終えた風ににんまり笑う。皐月はそんなミチルを見るのが楽しかった。

しかし一方で、卯月の言葉を思い出さずにはいられなかった。彼女は言った。早く真相をミチルに話すべきだと。

「それは、この笑顔を奪うということなんだよな……」

皐月はぼそりとつぶやいた。

「んー？」

ミチルが皐月を見上げた。

「あ、いや、なんでもないよ」

ふたりは新宿《しんじゅく》の保育園へ向かった。

保育園にミチルを預けて、駅へ引き返している途中、アルタ前で知った顔を見つけた。

「おはようございます」

皐月は挨拶《あいさつ》した。

声をかけた相手は、左右木薫《さうきかおる》。同じ保育園に子どもを預けているので、よく顔を合わせる。

薫は足を止めて、皐月を見た。そして力なく会釈だけして立ち去ってしまった。

皐月は不思議に思った。彼女の大きな吊《つ》り目は真っ赤に腫《は》れ、光を失っていた。いつもの凜《りん》とした雰囲気は影を潜め、代わりにどんよりとしたネガティブな空気をまとっていた。

一瞬、人違いかと皐月は思ったほどだ。

「どうしたんだろ……」

皐月はモヤモヤした気持ちを抱えながら、また駅へ歩き始めた。

●

「おいしい！」

給食の時間。ミチルはカレーライスをひと口食べてそう言った。

「はあ？　ぜんぜんうまくねーし」

ミチルに対抗するように、隣の席の左右木悠人《はると》が言った。

「えー、おいしいよ」

「俺のかーちゃんのほうが百倍うめーし」

最近、悠人はやたらミチルに突っかかってくる。最初からあまりウマが合うほうではなかったが、ここ一週間は輪をかけて言い争いが増えていた。

「あ、分かった」悠人はにやりと笑った。「お前んちのとーちゃんとかーちゃん、事故で死んじまったから、うまいカレー作れるやつがいねーんだろ」

「えー、違うよー」ミチルはムッとした表情で答えた。「死んじゃうとか、そんなひどいこと言うとバチが当たるよ！」

「だって、ほんとうのことじゃん。お前んちのとーちゃんとかーちゃんは、もう二度と帰ってこねーんだよ」

「違うよ。神様のところにちょっとお出かけしてるだけだよ！」ミチルは声を張り上げた。

「カレー作ってくれる人もいるよ！　皐月くんが作ってくれるもん！」

異変に気付いた佐倉《さくら》先生が自席から立ち、ミチルの席にやってきた。

「どうしたの？　また喧嘩《けんか》してるの？」

「悠人くんがひどいこと言うの！」

「ち、ちげーし……」

佐倉先生の出現に、悠人はややビビり気味だ。

「あと」ミチルは犯行の証拠を見つけたように、どや顔をした。「悠人くんがカレーおいしくないって言ってたー。先生怒ってー」

「あ、ミチルてめぇ！　卑怯《ひきょう》だぞ！」

「ふん」

ミチルはそっぽを向く。

すると悠人は、ミチルのカレーの皿を手に取って、席から離れた。

「俺、カレー大好きだぜ。いまから証拠みせまーす」

悠人は立ったまま、カレーを口にかきこんでいく。

「それ、ミチルの！」

ミチルは抗議の声をあげるが、悠人はとまらない。佐倉先生が「悠人くん！　いい加減にしなさい！」と怒鳴りつけると、やっととまった。

「すまねぇなぁミチル。これお前のって気づかなくてさー」

悠人はにやにやしながら、皿をミチルの前に戻した。

ミチルは席から勢いよく立ち上がった。

「え⁉」受話器片手に、皐月は声をあげた。「あ、はい、いえ、すぐに行きます！」

皐月は外線を切ると、デスクから飛び上がって上司のもとへ駆け寄った。

「織田《おだ》さん、じつは……」

皐月が状況を説明すると、織田は眉《まゆ》を下げて「大変だね。うん、行ってあげなさい」と言った。


皐月はオフィスを飛び出して、山手線に乗りこんだ。電車の速度がいつもの五千倍遅く感じられた。

新宿駅から保育園までの距離も、誰かの悪戯《いたずら》で引き伸ばされているように思えた。ただでさえ距離があるのに。

曇りで気温は低めだったけど、保育園についたときには、皐月は大量の汗をかいていた。脚までぐっしょりで、お気に入りのリーバイス501が湿ってしまっている。

「遅くなりました！」

教室に駆けこむと、そこにはいつもと変わりない光景が広がっていた。たくさんの無邪気な笑顔と笑い声……。

「あ、結城さん、お待ちしてました」

佐倉先生が、皐月のもとに駆け寄ってきた。

「それで、ミチルは……」

「あそこに……」

佐倉先生は、教室の後ろを指さした。そこには、扉が付いていないタイプのロッカーに頭をつっこんで、ジッとしているミチルがいた。

皐月は近づいて、「ミチル」と声をかけた。

体がぴくっと動いたが、返事はない。

それから、すこし離れたロッカーに、もうひとつ同じ光景がある。園児が頭を突っ込んで、お尻《しり》を突き出した格好でジッとしている。流行《はや》っているのだろうか。

「ミチルちゃんと悠人くんが、その……」

佐倉先生は皐月に説明した。悠人がミチルを執拗《しつよう》にからかって、ミチルは激怒した。ミチルは悠人に渾身《こんしん》のビンタをお見舞いし、悠人は大泣きした。すると、つられてミチルも大泣きして、なぜか知らないが無関係な園児もふたり大泣きした。教室内は一時パニックになった。

皐月は悠人のところへ移動して、言った。

「悠人くん、ごめんね。痛かったよね」

悠人も返事をしない。

皐月は佐倉先生に「悠人くんのお母さんが迎えにくるまで、自分もここにいます」と言った。

「いえ、それだといつになるか分かりません。悠人くんのお母さんに、なかなか連絡がつかないんです」

「仕事中なのかもしれませんね」

「それが」佐倉先生は怪訝《けげん》そうに首を傾げた。「職場にも連絡をしたのですが、どうも一週間前から無断欠勤が続いているようでして……」

「……いったい、どうしたんですかね」

ともあれ、皐月は先生の言うとおりにした。ロッカーからミチルを引っ張り出して、保育園を後にした。

歩いているときも、電車の中でも、自宅近くの西友の前で「お菓子買ってく?」と尋ねても、ミチルは黙ったままだった。

ミチルの体重は軽いが、それでもずっと背負っていると足腰にくる。

皐月はやっとこ『コーポ・ステファニー』に到着すると、ミチルを布団におろして、自分は台所へ向かった。

時刻は午後一時半を過ぎたあたりだ。平日のこの時間と、結城皐月という人間は、本来出会ってはいけないものに思えた。しかし一方で、小学校をずる休みするあの感覚に似たものがあって、悪い気はしなかった。

皐月は冷蔵庫の中を見た。ノンアルビールが一本残っている。昼間から一杯やるかと思った。アルコールゼロだけど。そのためには、うまいつまみもないとな。

そしてなにより、ミチルのお昼ご飯も。給食を食べ損ねたようだし。

でも、冷蔵庫の中で食べられそうなものといったら、卵と、使いかけの長ねぎしか見当たらない。これといって料理が思い浮かばない。

皐月は、戸棚の中を調べた。そこにはさまざまな缶詰がしまってある。夜食用に購入したはいいが日の目を見ず、長いあいだ放置されていたものたちだ。とはいえ缶詰ゆえに消費期限は長く、まだまだ品質にはまったく問題ない様子。

皐月は、ウィンナー、焼き鳥、うずらの卵、ぎんなんの缶詰をチョイスした。

缶詰たちの中身をザルにあける。そして、それらの食材を串《くし》に刺していく。食材を交互に刺していくと美しい。どうせなら長ねぎも使い切ってしまおうと思い、冷蔵庫から取り出してひと口サイズに切ると、串に刺していった。

刺しおわったら、軽く塩を振ってからオーブントースターで焼き上げる。アルミホイルを敷くと、掃除の手間がかからない。

どれだけの時間焼くのがベストなのか分からなかったので、皐月はたびたびオーブントースターを開けて、中の様子をチェックした。

ふいにミチルのほうに視線をやると、彼女は布団の中から顔を出してこっちを見ていた。しかし目が合うと、彼女は悪戯が見つかったみたいに申し訳なさそうな表情になり、ゆっくり布団の中へ身を隠した。気弱な亀みたいだ。

皐月はオーブントースターから完成品を取り出して、皿に並べた。

「簡単焼き鳥の出来上がりー、と」

完成度の高さに、皐月は思わず口笛を吹いた。元は缶詰とは思えないほど、ウィンナーと焼き鳥は輝かしい肉汁を纏《まと》っている。ねぎには程よい焦げ目がついており、食欲をそそる。うずらの卵もほんのりと、燻製《くんせい》にしたような焼き色がついている。ぎんなんは、焼けているのかどうかパッと見よく分からないけど、よくよく見ると、皮がふやけたようになっている。

皐月は皿を座卓に置いて、それからノンアルビールを冷蔵庫から取り出した。そして畳に腰を下ろし、ミチルの様子をうかがった。なかなか動かないので、皐月は手近にあったノートで焼き鳥を扇《あお》ぎ、香ばしい風を布団に送った。すると布団がもぞもぞと動き、ミチルが中から四つん這《ば》いで出てきた。ゆっくり座卓に向かってくる。下を向いて髪が垂れているので、貞子《さだこ》（ただし幼女）みたいだ。

「ウィンナー」

ミチルは言った。長い沈黙のあとの、最初のひと言が「ウィンナー」とは、よく分からないけどウィンナーすげーと皐月は思った。

「いただきます」

皐月が手を合わせると、

「いただきます」

ミチルも倣って手を合わせた。

ミチルはウィンナーが大好物で、ランクで言うとAプラス。焼き鳥はまあまあ好きでBプラス。うずらの卵は微妙でCプラス。ねぎは嫌いだが克服しつつあり、Cマイナス。ぎんなんに限っては親友の仇《かたき》も同然でFマイナス。

一応、ぎんなんという試練を串に刺してはみたが、今日は、好き嫌い克服訓練はお休みでもいいだろうと皐月は思った。だからミチルが串から具を外して、「胃の中行き」と「皐月の小皿行き」を振り分けているのを見ても、とくになにも言わなかった。

「ねぇ皐月くん」

ウィンナーを食べたあと、ミチルがおもむろに口を開いた。やはりおいしいものは、人の心の扉を開けるのに一役買う。きっと舌の上で、カギの形に化けるのだ。

「なんだい？」

「お母さんと葉月くんは、いつ帰ってくるの？」

ミチルはいつもの疑問を口にした。

しかし皐月は、ミチルのいつもの疑問が、いつもの疑問ではないことに気づいていた。そして、ある程度の事情を推測することができた。

「悠人くんに、言われたんだね？」

「うん。葉月くんもお母さんも、帰ってこないって、言ってた……」

皐月はどう答えるべきか、頭を働かせた。ある意味これはチャンスだ。ここで真相を突き付ければ、あるいは葉月とルリの死を理解させることができるかもしれない。

「帰ってくるよ、いつか、必ず」

言った直後、皐月の肩の責任感は大幅に重さを増した。

「そうだよね！」

ミチルは満面の笑みを浮かべた。それから、ぎんなんを箸《はし》で上手につかむと、ひょいっと口に放りこんだ。そして表情を曇らせた。やはりぎんなんはキツイようだ。

「ミチル、無理しなくてもいいよ」

「だめだよ。早く好き嫌いなくして、お母さんと葉月くんに会いたいもん」

「そっか……。ああ、そうだよね」

皐月はノンアルビールの缶を開けると、一気にあおった。作った焼き鳥とよく合う。

「それと」皐月は思い出したように言った。「明日、ちゃんと悠人くんと仲直りしないとダメだよ」

「えー」

ミチルはぎんなんで曇っていた表情をさらに曇らせた。一雨きそうだ。

「悠人くんに痛いことしたんだから、それはちゃんと謝らないと」

「やだ！　悠人くんが先に謝らないと、ミチルも謝らない！」

皐月は、頭の中のダイナブックを開いた。そしてワードを立ち上げ、キーボードを叩《たた》いていく。

「ミチル、この前のお話の続きをしよう」

「お話！　聞きたい！」

一瞬でミチルの表情から雨雲が消え去った。山の天気みたいにコロコロ変わるミチルの表情は、やはり見ていて楽しい。

「この前は、少女が好き嫌いをなくそうと決めたところまで話したよね？　じゃあ、今日はその続きだ」皐月は前回の話を思い出し、その末尾に新たな章を結合していく。「少女は、天使さんと一緒に、森の奥の小屋で生活を始めました。天使さんは毎日、おいしい料理を作ってくれます――」

――今日は、天使がシチューを作ってくれた。シチューにはマッシュルーム、ブロッコリー、玉ねぎ、人参《にんじん》といった、少女の苦手な食材がたくさん入っていた。それでも少女は、きちんと完食した。

「ありがとよ。おいらをちゃんと食べてくれて」

森でいちばん最初に出会った人参さん。彼の魂が宙にふわりと浮き上がり、輝き始めた。

「すごくおいしかったわ」と少女は言った。

「そう言ってもらえるのが、おいらたち食べ物にとって、いちばんうれしいことなんだ。さようなら。そしてありがとう」

人参さんの輝く魂はお礼を言うと、やがてどこかへ飛び去った。きちんと食べてもらえたことで彼の魂は救済され、至るべき場所への切符を手に入れることができたのだ。

人参さんに続いて、マッシュルームさん、ブロッコリーさん、玉ねぎさんの魂も、少女にお礼を言ってからどこかへ飛び去って行った。

一日、一週間、一ヶ月……。時間とともに、少女の好き嫌いはだいぶん改善された。森でくすぶる食べ物たちはすこしずつ、だけど確実に減っていった。

天使はその経過を、手紙で逐一神様に報告していた。

とはいえ、順番待ちをする食べ物たちはまだまだたくさんいる。先は長そうだ。

ある日、少女が森でクマさんとかけっこをして遊んでいると、遠くから悲鳴が聞こえてきた。

少女は急いで悲鳴のした方へ走った。

「わー！　お嬢ちゃん、たすけてー！」

森の開けた場所で、食べ物たちが逃げまどっている。彼らを追いかけているのは、ひとりの少年だった。森で生活を始めてからひと月以上が経過したけど、同じ人間に会ったのはこれが初めてだった。

少年は、食べ物たちを捕まえると、布袋の中にどんどん放り込んでいる。なんたる狼《ろう》藉《ぜき》！

「ちょっと、あなた！」少女は叫んだ。「その子たちはわたしが食べるのよ！　勝手に取っちゃダメ！」

「ふん、知ったことか！　名前が書いてあるわけじゃあるまいし！」

少女がなにを言っても、少年は聞く耳を持たなかった――。

「――ひどい！　ドロボー！」

ミチルが頬を膨らませた。

「うん。ひどいよね」

皐月は同意を示し、ミチルの怒りが少女への同情に変わるのを待ってから、朗読を再開した。

「やがて、少女に追いついてきたクマさんが、ガオーと吠《ほ》えて、少年を追っ払ってくれました――」

――しかし結果的に、少年はたくさんの食べ物を盗むことに成功した。彼の逃げ足は韋《い》駄天《だてん》のごとく神速で、少女やクマさんはついに追いつくことができなかったのだ。

少女は小屋に帰ると、一連の出来事を天使に相談した。

「困ったなあ」と天使は言った。「仕方ない、僕がその少年を捕まえてあげるよ。そして君の前に引きずり出してあげる。一緒にお仕置きをしよう」

それは名案だと、少女は思った。

次の日、天使は宣言どおり、少年をひっ捕らえてきた。

昨日は気づかなかったけど、よく見ると少年の着ている服はあまりにみすぼらしかった。ズボンの膝《ひざ》は破れ、上は薄汚れた木綿のシャツ一枚しか着ていない。靴は履いておらず、はだしだった。

少年は跪《ひざまず》き、泣いて謝罪した。

彼を見下ろす形になる少女は、少年のシャツの内側の、浮き出たあばら骨を見ていたたまれない気持ちになった。

「盗んだ食べ物はどうしたんだい？」天使は尋ねた。

「もう、食べちゃった」少年はうな垂れて言った。「おいしくて、ぜんぶ、食べちゃったんだ」

「君は悪いことをした」天使は冷たく言い放った。「罰を受けてもらうよ」

そして天使は、少年の襟首をつかんで小屋を出ると、森をずんずんと進んでいく。少女は後を追った。着いた先は、崖《がけ》だった。崖のはるか下には、不気味な湖がある。

天使は、泣いて命乞《いのちご》いをする少年を無慈悲に担ぎ上げると、崖の下に放り投げようとする——。

「待って！」少女は叫んだ。「その子を許してあげて！」

天使は動きをピタッと止めて、振り返らずに「どうしてだい？」と尋ねた。

「その子に食べられた食べ物たちは、きっと幸せだったと思うの。だって、おいしく食べてもらえたんだもん」

すると天使は振り返り、安堵《あんど》の表情を浮かべた。ずっと、少女がそう言うのを待っていたのだ。

するとどうだろうか。さっきまで涙で顔をぐしゃぐしゃにしていた少年の体が光に包まれ、祭服を着た神々しい老人へと変化した。それは神様だった。神様が少年に変身していたのだ。

「食べ物の恨みは怖い」と神様は言う。「しかし、よく耐えた、人間の子よ。そして、よくぞ許した」

少女はぽかんと口を開けたまま、神様を見つめていた。

天使から手紙が届くにつれて、神様も少女への興味が高まっていった。そしてついに、変身して会いにきたわけだ。神様は、少女を試していたのだ。

神様は「両親との再会の日は近い！」と言い、煙のように姿を消した――。

「――つづく」

皐月が話し終えても、ミチルは難しい顔をしたまま黙りこんでいた。ちょっと内容が難しかったかもしれない。

「じゃあ」沈黙のぶんだけ重さを増した声で、ミチルは言った。「悠人くんも、変身した神様かもしれないの？」

それでいい、と皐月は思った。人の行動の裏には必ずなんらかの事情があるという寓意《ぐうい》が伝わるのが理想的だったが、五歳児にそれを求めるのは酷だ。

「さあ、どうだろうね？」

やはり皐月は断言を避けた。

しかし、その思わせぶりな口調は、明らかに肯定の意味合いを含んでいた。

悠人は朝から元気がない。昨日の喧嘩《けんか》が尾を引いているのももちろんあるが、もっとほかに、彼の元気を吸い取る原因が隠れていそうだ。

「悠人くん」

ミチルが声をかけると、教室のすみで膝を抱えて座っていた悠人は顔をあげた。

「……なんだよ」

「許してあげる」

ほんとうは「昨日はごめんね」と言う予定だったのだが、いざ顔を合わせると素直になれないようだった。

「あっそ」悠人はまた顔を伏せた。「じゃあ、俺も許してやるよ……」

幼児というのは不思議なもので、いったん停戦が成立すると、驚くべきスピードで遺恨が晴れていく。

ミチルはもう、悠人への怒りはなかった。

「悠人くん、元気ないね。ミチルもう怒ってないよ」

「そうじゃなくてさ……俺さ……」

悠人の目から、大粒の涙があふれ出した。

「悠人くん？　なんで泣いてるの？」

ミチルの問いかけが最後の一押しとなったのか、悠人は嗚咽《おえつ》を漏らして泣き始めた。そして坂を転がるようにヒートアップしていく。

「こら、ミチルちゃん」佐倉先生が近寄ってきた。「お父さ……皐月さんと、朝、約束したでしょ？　悠人くんと仲直りするって。なのに、泣かせちゃだめでしょ？」

「えー、ミチルなにもしてないよ」

ミチルはしゃがみこむと、悠人の頭を撫《な》で始めた。

自分が泣いたとき、いつも皐月がそうしてくれるように。

●

「皐月くん、お願い！」

今日は全体的に業務がスムーズに進み、残業が発生しなかったので、皐月は自分でミチルを迎えに行った。

そして、ミチルと顔を合わせると、彼女は「おかえり皐月くん！」と言うより先に頭を下げたのだ。

「ど、どうしたの？　ディズニーランドに連れて行ってほしいのかな？」

ミチルは首を横に振った。

「悠人くんを、今日おうちに泊めてあげて」

「……え？」

つい今朝がたまで顔も見たくなかった相手を、家に泊めてほしいとお願いしてくるミチル。とうぜん皐月は事情が飲みこめない。

「あのね、悠人くんね、今日お母さんがお迎えに来れないんだって」

「そうなのか」

「だからね、悠人くんね、ひとりで歩いて帰らなくちゃいけないの」

「お母さんがダメなら、お父さんに迎えに来てもらえばいいんじゃないの？」

「お父さんも来られないんだって。それでね、もしかしたら、おうちには誰もいないかもしれないの」

おいおい、と皐月は思った。悠人はまだ五歳だったはずだ。にもかかわらず、両親そろって迎えに来ないというのは、いかがなものか。しかも、留守の可能性があるだって？　来られないなら来られないで、誰か代わりに迎えに来てくれる人間を探すべきではないか。ミチルの口調からして、どうやらその代わりの人間がいないらしいことは想像できた。いったいどういうことなんだ……？

皐月は佐倉先生に話を聞いてみた。

佐倉先生は、教室のすみに座ってぼんやりと天井を見上げている悠人を一瞥《いちべつ》してから、状況を話してくれた。

「私も、詳しいことは分からないのですが、ただ、どうも悠人くんのお母さんは病気みたいなんです」

「風邪、ですかね？」

「分かりません。ただ、子どもを迎えに来られないほどには、深刻みたいですね」佐倉先生の口調には一抹の皮肉が込められていた。「お父さんは、なんといいますか、しばらく家に帰っていないようで……」

「そうなんですか……」皐月は眉《まゆ》をひそめた。「ちなみに、ご自宅には電話してみたんですか？」

「はい。でも、出る気配がありません。しかも、園長先生がおうちを訪ねてみたのですが、何度呼び鈴を鳴らしても反応がなかったようなんです」

皐月はうーんとうなった。そして言った。

「あの、代わりに自分が悠人くんを連れて帰る、というのはアリでしょうか？　やっぱりそういうのは、保護者の了解なしにやるのはマズイでしょうか？」

「本来は、あまり推奨できることではありませんが、状況が状況です。お願いしてもよろしいでしょうか？」

「分かりました」

皐月は悠人のそばにしゃがみこんだ。

「悠人くん、今日は俺のおうちにお泊りしよう」

「……うん」

ミチルがもう話をつけてあるのか、悠人は迷わずＯＫし、ゆっくりと立ち上がった。それでも顔は伏せたままなので、彼の端整な顔立ちには常に影が差している。

皐月は、右手でミチル、左手で悠人の手を掴《つか》んで、保育園をあとにした。


自宅近くの西友で、夕飯の買い出しをした。カレーにしようと皐月は考えていた。ミチルがあれこれ余計なものを買い物カゴに放り込んで、皐月がそれを棚に戻す。そんな攻防が行われている最中、悠人はやはり顔を伏せて黙っていた。

自宅につくと、皐月は食品を冷蔵庫に仕舞ってから、ミチルと悠人を風呂《ふろ》に入れた。ミチルと住む前はシャワーしか浴びなかった皐月だが、いまでは毎日湯船にお湯を張っている。『コーポ・ステファニー』は、ボロのくせになぜか設備は充実しており、風呂も広い。大人ひとりと幼児ふたりなら、湯船にだって一緒に入れる。

「わ！　お風呂ちんちんだ！」

ミチルが湯船を触って、そう叫んだ。

皐月はぎょっとして、反射的に局部に触れた。大丈夫、浴槽に落としてはいない。

「ミチル、変なこと言うなよ」悠人が言った。「お風呂がちんちんって」

「えー、知らないの？」とミチルは言った。「ちんちんって、熱いってことなんだよー」

皐月は湯船に触れてみた。たしかに地獄のように熱かった。

皐月は「それって方言なの？」と聞こうとしたけど、ミチルが蛇口からすさまじい勢いで冷水を出す音に遮られた。

「悠人くんはこっちね」

適度な温かさの湯船に浸《つ》かっているとき、ミチルが青い水鉄砲を悠人に手渡した。ミチルは赤い水鉄砲と黄色い水鉄砲を持っている。二丁拳銃《けんじゅう》だ。これらは、すこし前に皐月が百均で気まぐれに購入したもので、以来、風呂の時間はいつもミチルと撃ち合っている。

悠人は相変わらず元気がなかったが、ミチルから顔面に一発撃ちこまれると、闘志に火がついたらしく反撃に転じ、精密な両手撃ちでミチルを苦しめた。

ミチルも悠人も、もう自分で体を洗えるし、シャンプーもできた。自分は何歳までシャンプーハットをかぶり、母親に洗浄を代行してもらっていただろうかと、皐月はぼんやり考えた。

風呂からあがると、ミチルと悠人の髪をドライヤーで乾かした。それから自分の髪も乾かして、ドライヤーのコードを縛ってもとの場所に戻したあと、皐月は悠人の家に電話をかけた。番号は連絡網で確認した。

予想はしていたが、受話口からは延々とコール音が聞こえてくるだけで、誰も出ない。留守電すら設定されていない。しかし悠人が母親の携帯番号を暗記していたので、続いてそれに電話をかけた。電話に出てはくれなかったが、留守電に切り替わった。皐月はメッセージを吹きこんだ。

「えーと、あの、ミチルの保護者の、結城です。悠人くんは預かっています」これじゃあ誘拐犯だ。「えーと、その、左右木さんがお迎えにこられないようでしたので、自分がひと晩だけ悠人くんをお預かりします。明日、必ずお返しします。それでは、おやすみなさい」

電話を切ると、皐月は台所で調理を始めた。予定どおりカレーライスをつくる。ミチルの好き嫌いレッスンを兼ねて、キノコを投入してみる。ミチルは、なめこやしめじといった、小さいキノコにはさほど抵抗がないようだけど、椎茸《しいたけ》やエリンギといった大きめのキノコには徹底的な敵愾心《てきがいしん》を表明していた。

というわけで、今回は椎茸とエリンギを投入する。細かくカットして、キノコ感を薄める作戦でいこうと皐月は考えていた。

むろん、牛肉やジャガイモ、玉ねぎや人参《にんじん》など、定番食材も取り入れる。ミチルの好物であるジャガイモは大きめに、克服しつつあるけどまだ若干抵抗のある人参は小さめにカットする。

個人的な好みを言えば、皐月はさらにオクラを投入したかった。オクラの粘り気とカレーはよくマッチする。しかしミチルはネバネバを嫌がるので、今回は入れないことにした。そもそもオクラがない。

皐月は、まず、おいしいお肉をつくる作業に取り掛かる。フライパンにオリーブオイルを引いて、ひと口サイズに切った牛すじ肉を並べる。そこに塩と胡椒《こしょう》を振ってから、刻みニンニクを振りかけ、強火で炒《いた》める。しっかり焼き目をつけることで、表面がコーティングされて、お肉の旨味《うまみ》が閉じこめられるらしい。料理ブログで見た。

炒めた肉を鍋《なべ》に入れて、そこに水と、それからローリエの葉を一枚入れて強火で煮る。ちなみにローリエは、カレー用の牛すじ肉のパックに同梱《どうこん》されていた。親切な心遣いだ。

沸騰したら弱火にして、ひたすら煮こんでいく。二時間煮こむのが理想らしいけど、さすがにそこまで待ってはいられない。時間の許す限りにしておこう。

肉を煮こんでいるあいだ、玉ねぎ、人参、ジャガイモ、椎茸、エリンギを切っていく。

次は炒める作業だ。まず、玉ねぎを炒めよう。よく言うのが、飴色《あめいろ》になるまで炒めるべし、ということ。しかしどうやら、玉ねぎをほんとうの飴色にするには二十分くらい丁寧に炒めないといけないらしいことを、皐月は最近知ってしまった。だから彼は、楽して飴色を作り出すテクをあらかじめググっておいた。めんどうな事態に直面すると、意識低い系としての才覚が冴《さ》えわたり、彼はどうしても楽な方法を調べずにはいられない。

やり方は簡単。耐熱皿にキッチンペーパーを敷き、そこに切った玉ねぎを載せる。そしてラップをかけ、六〇〇ワットで二分〜三分チンする。そのチンした玉ねぎを炒めると、あっという間に飴色になるのだという。

しかし、キッチンペーパーを棚から取り出したタイミングで、皐月はあることに気づいた。

「そういえば、白米を炊き忘れていたな……」

皐月は米を炊くため、米びつを確認し、そして唖然《あぜん》とした。

「米、切らしてたんだった……」

皐月は西友にひとっ走りしようかと考えたが、そこまでミチルと悠人を待たせるのは気が引けた。

けっきょく皐月は、ピザの出前をとることにした。今日は平日だから、ルール上、夕飯で『ちゃんとしたご飯』をミチルに提供する義務はないが、それでも忸怩《じくじ》たる思いだった。

ピザが届くまでのあいだ、皐月はカレーの続きを作った。明日食べるためだ。最寄りの西友は二十四時間営業なので、白米はミチルと悠人が眠ったあとにこっそり買いに行けばいい。どうせ明日は土曜日だ。夜更かししても問題ない。

一枚で四種類の味を楽しめるクォーターのLサイズ一枚と、チキン三本。ピザの配達人に手渡した代金は、皐月の時給四時間分に及んだ。

「ねぇ、悠人くん」食事を始めて間もなくして、皐月は尋ねた。「いったい、お母さんは、どうしちゃったんだろう？」

「……かーちゃんは、病気なんだ」

「病気、か。先生も言っていたね。どこか悪いのかな？」

「心の病気なんだ」

想像はしていた。先日アルタ前で見た、薫の抜け殻のような表情。心は、風船みたいに彼女の体からすこし離れたところをプカプカ漂い、肉体を無感情に見下ろしているようだった。

「言いたくなかったら言わなくてもいいんだけど、お母さんの心の病気の原因は、なんなのかな？」

「とーちゃん、かーちゃんじゃない女の人のところに行っちゃったんだ。かーちゃん、それからずっと泣いてばかりで……」

これも想像はしていた。しかしいざ語られると、想像していた以上のショックを受けた。これだから結婚なんてろくなもんじゃない、と皐月は思った。結婚なんて、裏切られるための布石を自ら打つようなものじゃないか。ネットやSNSが発達したいまの時代ならなおさらだ。そこら中に、裏切りへの扉がご丁寧に鍵《かぎ》を開けた状態で並んでいるのだ。

「とーちゃんは嘘つきだ。ずっと俺とかーちゃんと一緒にいるって言ったのに……」

皐月は言葉が出てこなかった。だから代わりに、手を悠人の頭に伸ばした。だけど皐月より先に、ミチルの手が悠人の頭を撫《な》でた。

「お父さん、遠くに行っちゃったんだね。ミチルと一緒」

「……やめろよ」

悠人はミチルを睨《にら》みつけたが、手を払ったりはしなかった。

「ミチルはさ、いいよな」

「え？」

「とーちゃんとかーちゃんの代わりに、迎えにきてくれたり、ごはん作ってくれる人がいてさ」

「うん。ミチルには、皐月くんがいるよ」

「……でも、ほんとうのとーちゃんとかーちゃんはいないんだよな」

「お母さんと葉月くんは、いまはいないよ。でも、いつか会えるよ」

「ずっと会えねぇよ……」

「ううん。会えるよ」

「会えねぇよ！　だって、お前のとーちゃんとかーちゃんは、もう……」

「悠人くん」

皐月は有無を言わさぬ口調で、悠人の言葉を遮った。

悠人はなにかを言い返そうとした。だけど皐月がグラスにコーラをついで悠人の前にコトンと置くと、その音が彼の感情の高ぶりにピリオドを打った。

「ごめんなさい」

悠人はきちんと謝った。やはり根はいい子なのだ。

皐月は分かっていた。悠人は、同類を作ろうとしているのだと。悠人は自分と同じ、かわいそうな仲間を欲している。しかしミチルは前向きで、希望に満ち溢《あふ》れている。悠人はそれが気に入らないのだ。

部屋はシンと静まり返った。

「悠人くん」皐月は言った。「今日だけじゃなくて、また一緒にごはん食べようよ。こんなボロ屋でよければ、また好きなときに泊まって大丈夫だよ。寂しいときは、いつでもおいで」

ミチルを引き取ると決めたときと同じように、感情的な発言だった。しかし言わずにはいられなかった。いまの悠人には、助けが必要だ。

「……ありがとう」悠人は泣きそうな顔になった。しかし泣かなかった。彼は強かった。

「でも、大丈夫。俺、ひとりでいい」

「でも……」

「俺、男だもん。強いんだもん」

「そっか。偉いね」

食事を終えて、歯磨きをして、寝支度を整えた。悠人には、ミチルと同じ布団で寝てもらう。

悠人は幾分か元気を取り戻したようで、消灯の後もしばらくミチルとふざけあっていた。

ミチルと悠人が眠ると、皐月は布団からこっそり抜け出して、西友に米を買いにいった。


翌朝、ミチルと悠人は、カレーの香りで目を覚ました。

「おはよう、ミチル、悠人くん。ちょうど起こそうと思ってたところだったんだ」

座卓に三人ぶんのカレーライスを並べて、皐月は言った。

「うわー！　おいしそう！」

ミチルは目を輝かせた。

「昨日食べられなかったおかけで、逆にじっくり煮こむ時間がとれたんだ。だからいつものとはぜんぜん違うよ、きっと」

皐月は昨夜、西友で米を買って帰ってきたあと、牛すじ肉を二時間煮こんだ。煮こんでいるあいだは、小説の執筆を進めた。二時間後、肉を煮こんでいた鍋に、肉以外の具材と、それからマギーブイヨンを入れて、また煮こんだ。

然るべき時間の経過後、ルーを溶かし入れた。そして最後に、隠し味のバターを少々投入して、カレー作りはひと段落。

作ったカレーはひと晩寝かせた。朝食べるのだから寝かせるほかない。おかげで、肉、野菜、キノコにしっかり味がしみ込んだ。

「いただきまーす」

ミチルが我先にと、カレーを口に運んだ。そして。

「皐月くん、すごい！」

ミチルはサムズアップをして見せた。

「喜んでもらえてうれしいよ」

皐月は胸を撫でおろした。そして自分も食べてみた。

「これは、我ながらやばいな……」

ルーの滑らかな舌触りで、これはいつものとは違うと即座に皐月は理解した。ルーは、ミチルと悠人のことを考えて甘口にしてあるのだが、大人の皐月でも物足りなさをまったく感じない。それくらい、ルーはうまく素材と融合している。溶けて消えたと思われていたけどルーの中で生きていた玉ねぎの甘みも、ちゃんと感じ取れる。隠し味のバターは、もはや隠し味の職務を逸脱した働きを見せており、いわゆるコクってやつを明確に感じさせてくる。煮こんだ牛肉は、スプーンで簡単にちぎれるほど軟らかくて、口に含んでから舌になじむまでにラグが生じない。二時間煮こんだ甲斐《かい》があった。人参、椎茸《しいたけ》、エリンギ、そしてジャガイモも、ほくほくと柔らかいけど煮崩れしておらず、きちんと食感を楽しめる。こんなに本格的なカレー、皐月は初めて作った。

「悠人くんも食べてみて。きっと気に入ってくれると思うんだ」

皐月は悠人に笑顔を向けた。

「……いただきます」

悠人はスプーンをゆっくり持ち上げ、ルーとライスを掬《すく》うと、口に運んだ。

「……うん」

悠人の反応は淡泊だった。

「あれ？　ごめん。口に合わなかったかな……？」

「……ううん。違う」

悠人は表情をみるみる曇らせていく。しかしスプーンはとまらなかった。泣きそうな顔で、次々とカレーを口に運んでいく。

「おいしい。すごく、おいしい……。かーちゃんほどじゃないけど、おいしい……」

やがて悠人はぼろぼろと涙を流し始めた。

「……また、かーちゃんのカレー食べたいな」

悠人の感情の発露に、皐月の心は大きく揺さぶられた。悠人は昨夜「ひとりでいい」なんて言っていたけど、そんなはずはなかった。彼はひとりじゃダメなんだ。

「悠人くん」ミチルがやさしい声で言った。「お母さん、また作ってくれるよ、カレー」

悠人は、袖《そで》で涙をぬぐった。「ずっと、カップラーメンとかばかりでさ……。でも、ほんとうは、かーちゃんすごく料理が上手なんだ……。カレーも、すごくおいしいのを作ってくれるんだ……。また、食べたいなあ……。かーちゃんと、とーちゃんと、一緒に……三人で、また……」

悠人は泣きながらもカレーを完食すると、おかわりを希望した。

皐月とミチルは、悠人を自宅まで送った。

新宿中央公園の近くにある、八階建てのマンションだ。皐月たちは新宿駅から歩いて行った。

五階の角部屋が、左右木家の住処《すみか》だ。

皐月がチャイムを押そうとすると、悠人はそれを制した。

「俺、鍵もってる」

悠人は、かばんからジバニャンのラバーキーホルダーが付いた鍵を取り出すと、鍵穴にさしこんで扉を開けた。そして控えめに「ただいま」と言った。反応はない。

「お母さんは、留守なのかな？」

皐月がそう呟《つぶや》いたとき、廊下の奥の扉が開き、そこからスウェット姿の薫が現れた。化粧はしておらず、髪はぼさぼさだ。目の下にはくっきりとクマが刻まれている。目の前の人物が左右木薫だとは、皐月にはとても思えなかった。皐月の知っている彼女は、つややかな長髪を後ろで縛って、カジュアルではあるけど清潔感のある格好をした、大きな吊《つ》り目が特徴的な美しい女性だった。皐月より五つほど年上らしいけど、同じ年か、あるいは年下にしか見えないほど若々しかった。そんな薫を、悠人はよく周囲に自慢していると、ミチルがこの前教えてくれた。

「……ああ、結城さん」

薫は笑みを浮かべようとしたが、見事に失敗していた。

「えっと、しばらくぶりです」最近は、朝、保育園にミチルを預けるときも、薫とは顔を合わせていなかった。「留守電、聞いていただけましたか？」

薫は小さくうなずいた。もしかしたらそれはうなずいたのではなく、眠気で頭がぐらついただけだったのかもしれないが。

「悠人くんは、とてもお利口にしていましたよ。ひと晩だけですが、とても楽しかったです。ミチルも楽しかったよね？」

皐月がミチルに言葉を向けると、彼女は「うん」とうなずいた。

「そうですか……。悠人がお世話になりました」

薫はそう言って頭を下げたが、感情は彼女の背後に置きっぱなしだった。

薫には、うな垂れる悠人の姿が見えていないのだろうか。母親のあまりに哀れな姿に改めて打ちひしがれる息子の姿が、あなたの目には映っていないのか？

皐月はいよいよ耐えられなくなってきた。

「あの、余計なお世話かもしれませんが、悠人くんはあなたに……」

そこまで言ったとき、悠人が皐月の袖を引っ張った。そして皐月を見上げて、首を左右に振った。

これじゃあ、どっちが子どもでどっちが保護者か分かったもんじゃない。

皐月は悠人の意思を尊重することにした。

「ミチル、帰ろう」

皐月はミチルの手を掴《つか》んで、玄関を出ようとした。しかし直後、ミチルが手を振り払った。

「おじゃまします！」

ミチルは靴を脱ぐと、廊下をずんずんと進んでいく。

皐月と悠人は声をそろえて「ミチル！」と叫んだ。それでもミチルはとまらず、ついに薫の眼前に到達した。そして薫を見上げて「ひどいよ！」と叫んだ。

「……え？」

急展開に、薫は状況が理解できず、目をぱちくりさせた。

「悠人くん、ずっとずっと寂しかったんだよ！　泣いてたんだよ！」

ミチルは声を張り上げた。

「さ、寂しくねーし！　泣いてねーし！」

すかさず悠人が抗議したが、ミチルはまったく聞いていなかった。

「悠人くんずっと元気なくて、お母さんとお父さんのことばかり考えて――」

ミチルの感情の爆発を前にして、薫は明らかにうろたえていた。

その様子を玄関から見つめている皐月も、ミチルの必死に訴える姿勢に、圧倒されていた。た。ミチルを止めることも、はたまた援護射撃することもできなかった。

「――悠人くん言ってたよ！　お母さんのご飯がまた食べたいって！　お母さんはすごくお料理上手なんだって！」

そのあとも、ミチルは心に浮かび上がった言葉を、がむしゃらに薫へ投げつけた。途中から鼻声になって、うまく喋《しゃべ》れなくなっていた。

両手を握りしめて震えていた悠人が動いた。靴を脱ぎ捨てると、廊下を駆け出して行った。暴走するミチルを取り押さえようとしているのかと思ったが、違った。悠人は薫の太ももに抱き着くと、声をあげて泣き始めた。

「悠人……」

薫の目に、わずかに光が戻るのを、皐月はたしかに見た。

「俺、とーちゃんより強くなるから……。とーちゃんより立派になるから……。だから、かーちゃん、元気出して……」

薫は電池が切れたみたいに、ゆっくりと崩れ落ちた。そして悠人の頭を抱き寄せて、

「ごめんね……ありがとう……」と囁《ささや》いた。

土日が明けて、月曜日になった。

今週はご飯の週と決めている。

本日の朝ごはんは、白米と焼き鮭、それから小松菜と豆腐の味噌《みそ》汁。白米は、昨夜炊飯器のタイマーをセットしたので、皐月の起床とほとんど同時に炊き上がっていた。

焼き鮭は、フライパンで焼く。さすがにグリルなんて贅沢《ぜいたく》品はついていないからだ。クッキングペーパーを敷いて、その上に鮭を載せ、塩を振ってから中火で焼き上げる。焼い

ていくうちにジワジワと脂が出てくるので、こまめにふき取っていく。でないと、仕上がりが脂でべちゃべちゃになっておいしくない。湧き出てくる脂を監視し、問答無用で処分していくことで、表面を香ばしく焼きあげることができる。

味噌汁は、イチから作っていては時間がかかるので、昨夜のあいだに具を切って皿に入れ、ラップで密閉して冷蔵庫に入れておいた。また、かつおだしも昨夜作って、空のペットボトルに移し、冷蔵庫に眠らせておいた。

ふた口のガスコンロがあるので、片方で焼き鮭、片方で味噌汁と、調理を同時進行できる。とはいえ、不器用な皐月は、フライパンと鍋《なべ》の波状攻撃に翻弄《ほんろう》されっぱなしだが。

なにはともあれ、無事に朝食を作ることができた。ミチルに小松菜を食べさせることにも成功した。味噌汁に入れれば、たいていのものはおいしくなる。

それから恒例の神様への手紙を書き、保育園への道すがらポストに投函《とうかん》。

「おはようございます」

保育園につくと、皐月は先生に挨拶《あいさつ》し、ミチルを預けた。

「おはようございます」

その隣で、同じく先生に挨拶する女性がいた。

「あ、左右木さん。おはようございます」

皐月は、隣で悠人を先生に預ける薫に挨拶した。

「おはようございます、結城さん」

薫はつややかな髪を後ろで縛ってポニーテールにしている。化粧は控えめだが、彼女の魅力を引き出すにはそれで十分だった。純白のチュニックからは、スリムなジーンズに包まれた細い足が伸びている。背は高くないが、そのすらっとしたスタイルは、ついつい見とれてしまう。

薫はもとに戻っていた。少なくとも皐月にはそう見えた。この土日だけでここまで回復できたのは、きっと悠人のおかげだろう。

「んじゃ、かーちゃんお仕事行ってらっしゃーい」

悠人が手を振って言った。

「かーちゃんじゃなくて、お母さんって呼びなさいって言ってるでしょ」

悠人は「わー！　怒ったー！」と言って、教室の奥へ走り去った。

「皐月くん、いってらっしゃい」

ミチルはにっこり笑って手を振ると、悠人に続いて教室に消えた。

保育園を後にした皐月と薫は、新宿駅まで一緒に歩いた。

「このたびは、ほんとうにご迷惑をおかけしました……」

薫はうつむきがちに言った。

「いえ、自分はべつに、なにも迷惑はこうむっていませんし、なにもしていません」

「そう言っていただけると、とても救われます」薫は顔をあげて、前を向いて歩くようになった。「私、自分の不幸に酔っていました。不貞腐《ふてくさ》れていた、というほうが正しいかもしれません。結城さんはなんとなくご存じかもしれませんが、ちょっと夫とのあいだでトラブルがありまして……。悠人のことも放っておいてしまって……。無責任で、無自覚な親でした……」

「完璧《かんぺき》な親なんていませんよ……って、保護者歴二ヶ月の自分が言っても、説得力ないですけど」

「結城さんは、立派な父親だと思います。でないと、ミチルちゃんがあんなにもたくましく生きていられるはずはありません」

父親という言葉が、皐月の脳になじむのに時間がかかった。

新宿駅の、地下鉄丸《まる》ノ内《うち》線の改札前までできた。

「一応報告までに」薫は、バッグから定期入れを取り出してから言った。「夫とは、そう遠くないうちに離れ離れになると思います。悠人はまた三人で暮らしたいと思っているようですが、ちょっと難しくて」

皐月は黙ってうなずいた。結婚経験も、はたまた結婚願望もない皐月がなにを言ったところで、薄っぺらくなってしまうと思った。

「環境は大きく変わってしまうと思います。でも、悠人と一緒なら、なんとかなる気がするんです。そして、そう思えるようになったのは、もちろん悠人本人もそうですが、結城さんとミチルちゃんのおかげだと思うんです」

「いえ、そんな……」

「よい一日を」

薫はにっこりとほほ笑んでから、皐月に背を向け、丸ノ内線の改札をとおっていった。

皐月はなんとなく、今日はいい一日になる気がした。

レシピ4　おかゆのススメ

六月を目前に控えた、夏の息遣いが聞こえてくるような、しっとりと暖かい朝のことだった。皐月《さつき》は、ミチルが風邪をひいているのに気づいた。

皐月は、この世に夏風邪という厄介なやつが存在することを分かっていた。しかしまだクーラーをつけていないので、うちは大丈夫だろうとたかをくくっていた。

冬の風邪とは違って、暑くて湿気が高い環境を好むタイプのウイルスがいる。こいつらが夏風邪の原因だ。気温が十五度以上になるあたりから流行《はや》り始める。すなわち、五月ごろから、もう夏風邪の進撃は始まるのだ。クーラーを使っていないからといって、風邪をひかない保証はない。

「ええ、熱も高くて……。医者には、しばらくは安静にするようにと……」

「それは、大変ですね。お大事になさってください」

皐月は、保育園への連絡を済ませた。

バイト先には、もう連絡してある。しばらく欠勤すると。

ミチルが夏風邪に倒れた以上、皐月はバイトを休むしかない。保育園にはとうぜん預けられないし、頼みの綱であるハロルドは、いまは動けない。というのも、ハロルドも風邪で倒れているからだ。先日、一階の『カフェ・ステファニー』が土日続けて閉まっていることを不審に思った皐月は、ハロルドの家を訪ねてみた。すると、マスクと冷えピタをしたハロルドが出迎えてくれて、三日前から高熱が続いているのだと教えてくれたのだった。どうやら、友人の結婚式に出席した帰りににわか雨に襲われ、不幸にも風邪をひいてしまったらしい。

皐月は、台所でおかゆを作った。風邪といえばおかゆだ。

ご飯を土鍋に入れて、水と塩を入れて火にかける。あとは梅干しでも載っけておく。

皐月は出来上がったものを持って、ミチルが臥《ふ》せる布団のそばに腰かけた。

「皐月くん……体が、ぐにゃーってなってる感じがする……怖い……」

「風邪を引いたら、みんなそうなるんだよ。安心して。ごはん食べて薬飲めば、すぐに治っちゃうよ」

皐月はレンゲでおかゆを掬《すく》うと、ふーふーして冷ましたうえで、ミチルの口に運んだ。

ミチルはひと口食べて、そして二度と口を開けなかった——と言うと亡くなってしまったみたいだけど、そうではなく、要はおかゆの味が気に入らなかったのだ。

「ミチル、口を開けて」

ミチルは枕の上で頭を左右に振った。

「べたべたしておいしくない……ホンフホ……」

そりゃあ、おかゆだからね。

それにしても、こんなに弱々しいホンフホを、皐月は初めて聞いた。

「好き嫌いをしてると、いつまで経っても葉月《はづき》くんとお母さんに会えないよ」

ふだんなら、こう言えば態度を軟化させただろう。しかし今回はダメだった。いまのミチルは高熱のせいで、まともにものが考えられないのだ。いまの彼女に、言って聞かせるのは不可能だった。

「困ったなあ」

皐月はひとまず、病院でもらった薬をミチルに飲ませた。これもひと苦労だった。本来は、ちゃんとご飯を食べさせた後に飲ませるべきなのだろうけど、食べてくれないのだから致し方ない。

ミチルが眠りにつくのを確認すると、皐月はダイナブックを開いて執筆を始めた。先日、担当編集者に初稿を提出できたのだが、お気に召さなかったようで大幅な修正を要求されていた。しかし皐月は落胆しなかった。彼自身、こんなんではダメだと思っていたからだ。まったく満足いく内容ではなかった。だから逆にホッとしている節もあった。

「いやいや、ホッとしてる場合じゃないぞ……」

是が非でも、納得できるものを書かなくてはいけない。

一時間後。

「……ダメだ。まったく書けない」

皐月は、畳に仰向《あおむ》けに寝転がった。

「心配ごとがあると、ほんと進まない」

いつもなら、パソコンと向き合ってキーボードを叩《たた》いていると、時間は皐月の両脇を紳士な態度でとおり過ぎていく。しかしいまは、時間どもはわざと肩をぶつけてきて、挙句に舌打ちすらかましてくる。そのたびに皐月の集中は途切れてしまう。

皐月は寝転がったまま頭を横に向けて、ミチルを見た。

ミチルはとても苦しそうに、不規則な寝息を立てていた。ときおり、うなされながら寝言を言う。

「……ごめやす……。言うこと聞くから、ぶたないで、お父さん……」

皐月は心臓が止まりそうになった。

夢の中とはいえ、葉月が子どもをぶつなんて、信じられない。それにミチルは以前、父親からよくぶたれたと言っていた。

あれから皐月は、葉月について常々考えを巡らせていた。切子《きりこ》に電話して、さりげなく「兄さんって、キレると人が変わる、なんてことあったかな?」なんて聞いたりもした。とうぜん答えはノーだった。「葉月はどんなことがあっても、自制心を失わない利口な子よ。あんたと違ってね」

いや、そういえば……。

皐月は、妹の卯月《うづき》と、ふたりで池袋《いけぶくろ》の中華料理屋に入った日のことを思い出した。そこで卯月は、葉月が生前禁酒していたことを教えてくれた。

まさか、葉月はアルコールで人が変わる……？　だからこそ、酒を断とうとしていた……？

皐月は信じたかった。優しくて、頭がよくて、正義感が強かった兄を。彼がアルコールに負けて愛娘《まなむすめ》を殴るような人間でないことを。

「兄さんを信じたい。信じなくちゃ……」

皐月の弱々しい呟《つぶや》きは、『コーポ・ステファニー』の沈黙に溶けて、やがて消えた。

「結城《ゆうき》さん、それ、正確に言うとおかゆじゃなくて、雑炊ですよ。あるいは、おじや」

薫《かおる》の言葉の意味を、皐月は初め理解できなかった。

ミチルが夏風邪にかかったという話は、その日のうちに薫の耳にも入るところとなった。そして心配した彼女は、夕方電話をしてきてくれた。そこで皐月は、ミチルがおかゆを食べてくれないことを相談し、そのうち作り方の話になった。

「おかゆは、炊飯器で炊く前の、生米から作るんです。炊いたお米をお湯で軟らかくするのは、雑炊やおじやであって、正確にはおかゆではありません」

「なんと、そうだったんですか……」

皐月の中のおかゆ像が、二十八年の時を経て崩れ去った。

「まあ、そこらへんの定義は曖昧《あいまい》ですけどね。でも、ちゃんと生米から作ると、粘り気の少ない、さらさらしたおいしいおかゆができますよ。それなら、もしかしたらミチルちゃんも食べてくれるかもしれませんよ。それに、消化の良さの面で言っても、生米から作ったほうが優れていますし。ついでに言うと、デトックス効果も期待できます。それは風邪に関係ないですね、あはは」

皐月は感心しながら聞いていた。

「ずいぶんと、詳しいんですね」

「仕事柄、そういった情報が必要ですので」

「そういえば、左右木《さうき》さんはなんのお仕事をされているんですか？　……あ、立ち入ったことをお聞きしてしまいました。すみません」

「いえいえ、なんの問題もありません。そんな遠慮しないでください」薫はくすくすと笑った。「私は管理栄養士の仕事をしているんです」

「管理栄養士というと、栄養士の管理職みたいな感じでしょうか？」

「まあ、そんなところでしょうか」

「すごいですね。なんか、食を司《つかさど》るって感じでかっこいいです」

管理栄養士という職業について、小さじ一杯ぶんの知識も持ち合わせていない皐月。気の利いたコメントができない。

「地味な仕事ですよ」と薫は笑った。「ま、楽しいですけどね」

「そういえば、しばらくお仕事を休まれていたようですけど、大丈夫でしたか？」

薫は一週間以上、無断欠勤をしていたはずだ。

「なんとなく事情は伝わっていたみたいで、むしろみんな同情してくれましたよ。クビを言い渡されるものと思って覚悟を決めていたんですけど、なんか拍子抜けでした。けっきょく欠勤ぶんの有給が消し飛んで、それから形だけのお説教を食らって、終わりです」

「理解のある職場なんですね」

「というか、甘いだけですね」

なんだかんだ言って、薫の言葉からは、上司や同僚たちへの謝意がにじみ出ていた。

「逆に私も聞いていいですか？」

「ええ、はい」

「結城さんはなんのお仕事をされているんですか？」

「えっと、なんていいますか……」

皐月はなんて言おうか迷った。仕事について聞かれると、いつもこうなる。作家ですって即答できるほど売れてないし、稼げてないし、無名だし……。かといってフリーターですって言うのも釈然としない。

「アルバイトをしながら、ちょくちょく本を出版してる、そんな感じです」

「え。本を出版って、小説とかですか？」

「ええ、まあ、はい」

「……もしかして、結城さん、『結城端午《たんご》』ってペンネームを使ってたりします？」

「え、知ってるんですか？」

「わ！　すごい！　すごい偶然です！」薫は少女みたいに無邪気な声をあげた。「私、結城さんの小説持ってますよ！　私、最初に結城さんに会ったとき、小説家みたいな名前だなって、漠然と思ったんです。でもまさか、その漠然とした勘が当たっているとは、驚きです」

結城皐月の『皐月』は、五月の別名。そしてペンネームで使っている『端午』は、五月五日の節句で、その日は皐月の誕生日である。安直なペンネームだが、皐月は気に入っていた。

「マジですか！」皐月もテンションが上がる。「ちなみに、タイトルはなんでしょうか？」

「『アプリ探偵』シリーズすべてと、『ぼくらのエアコン戦争』です。どれも最高でしたよ」

『アプリ探偵』は皐月のデビュー作で、ポンコツ探偵がスマホのあらゆるアプリを駆使して事件を解決していくライトミステリーだ。ヒットしたわけではないが、かろうじて重版がかかり、第三弾まで出版することができた。『ぼくらのエアコン戦争』は、学校にエアコンが普及したおかげで夏も快適に勉強できるようになり、夏休み廃止法案が衆議院で真剣に審議されている近未来が舞台。そこで五人の小学生が夏休み廃止法案を廃案にするために動き出し、果てには国家の隠された陰謀を暴くという、わけの分からない青春小説だ。

重版はかからなかった。

「新作も、期待してますね」

「あ、はい。がんばります！」

「それから、おかゆ作りも、成功を祈ってます」

「が、がんばります」

ちょっと不安だった。

皐月はそのあと、おかゆの作り方を教えてもらってから、電話を切った。そしてさっそくおかゆづくりにとりかかった。もうすこしで午後七時。夕飯の時間だ。

皐月はメモをもとに、作業を進めた。

まず、生米を洗う。それから土鍋《どなべ》に生米と水、そしてダシ用の昆布を入れる。その土鍋を、蓋《ふた》をしないで中強火（強火と中火の中間）にかける。沸騰したら弱火にする。ここで蓋をする。蓋はすこしずらして、隙間を作った状態が理想。約三十分煮る。

ちなみに、生米と水の割合は1対10にして、いわゆる五分粥《ごぶがゆ》にした。軟らかくて汁気が多く、病気のときでも食べやすい。

三十分後、皐月は一度味見をした。

「うまいな……」

まだ塩を投入していないので、しょっぱさはない。にもかかわらず、おいしいと感じてしまう。

皐月は小学生のときに行った、北海道への家族旅行を思い出した。ゆっくり気ままな旅行で、新潟の港から北海道までフェリーで行った。出航から到着まで一泊二日かかった。その船内のレストランで、皐月は朝食におかゆを頼んだ。それが驚くほどおいしかった。家で食べるのとはまったく違った。きっと切子も、おかゆのつもりで雑炊、あるいはおじやを作っていたのだ。それか、分かっていたけど手間を惜しんでいたのだ。

皐月の意識は、過去の大海原をフェリーに乗って漂っていたが、手はきちんとおかゆに塩を振っていた。そして土鍋に蓋をして、十分ほど蒸らす。

「皐月くん……」

ミチルが目を覚ました。

「もうすこしでごはんができるからね」

「ひと口だけでいいからさ。おいしくなかったら、残りはぜんぶ俺が食べるから」

皐月は出来上がったおかゆを茶碗《ちゃわん》に入れる。汁はほどよい粘度だ。今朝作ったのはドロドロだったが、これはトロトロだ。米粒が砕けておらず、本来の楕円《だえん》形を保ったまま湯気を放っている。

「また、おかゆ……？」

ミチルは茶碗の中身を知って失望したようだった。

「『また』ではないよ。ミチル、これは朝食べたやつとは違うものなんだ」

皐月はミチルのそばに腰を下ろし、レンゲでおかゆを掬《すく》うと、冷ましてからミチルの口に近づけた。ミチルはすこし躊躇《ためら》ったが、やがてゆっくり口を開けた。

「どうかな？」

皐月は、受験結果を待つ受験生みたいにそわそわしていた。

「……やっぱり、おかゆだよ。朝と同じ、おかゆ」

受験結果は、不合格……。

皐月はがっくりと肩を落とした。

「でも、食べられる……」

「え？　ほんと？」

「うん。このおかゆは、食べられる……」

皐月は心の中でガッツポーズをした。がんばった甲斐《かい》があった。

時間はかかったけど、ミチルは茶碗の中身を完食した。

皐月は「えらいね、よくがんばったよ」と彼女をほめた。

ポカリスエットを飲ませ、続いて薬も飲ませた。間もなくして、ミチルはまた眠りについた。

それから皐月は、あらかじめ多めに作っておいたおかゆをハロルドの家に持って行った。家はすぐそばなので、土鍋ごと持って行くことができる。

「わお！　これは、イケますネ！　デリシャス！」

ハロルドはおかゆをぺろりと完食した。

「しかし、申し訳ありませんネ。大家であるボクが、お客様であるミスター皐月に食事を作らせてしまって」

「気にしないでください。いつもミチルの面倒を見てくれているお礼です。こんなのじゃ、ぜんぜんお礼にはならないですけど」

皐月は、これからしばらく朝と夜におかゆを持って来ましょうかと提案した。

ハロルドは「とても助かります。ボクももう年で、風邪をひくと体が自由に動かないもので」と笑った。

本格的おかゆ作戦は、三日目の昼までは順調だった。皐月は生米から作るおいしいおかゆをミチルに食べさせることができた。マンネリ化防止のため、卵粥、鮭粥、さらにはウィンナー粥（これがけっこう美味）と、味の変化にも余念がなかった。しかし三日目の夜、「デザート食べたい。デザートないとおかゆ食べたくない」とミチルは宣言した。

「デザートがあったら、ちゃんとおかゆ食べてくれる？」

「うん。食べる。でも、デザートもおいしいのじゃないとヤダ」

おいしいデザート、か。コンビニかスーパーで買ってこようかと思ったが、どうせならデザートも手作りしてしまえないだろうかと、皐月は考えた。

ひとまず皐月は、薫に電話で相談することにした。ネットで調べるより先に、薫に相談するという選択肢が浮かんだのは、我ながら不思議だった。

しかし薫は電話に出なかった。留守電に切り替わる。彼女は忙しい身だからとうぜんか。

皐月がパソコンの前に腰を下ろし、グーグルに「デザート　手作り　うまい」と入力したとき、部屋のドアがノックされた。

時刻は午後七時前。来客はあり得なくはないけど、しかし非常識だ。新聞や宗教の勧誘だった場合、キレて追い返しても神の怒りには触れまい。そんな時間だ。

インターフォンもドアスコープもないので、相手の正体は分からない。皐月がさまざまな可能性をかき集め、ふるいにかけている最中にも、ノックはなり続ける。三々七拍子のビートを刻んでいないので、ハロルドでないことはたしかだ。そしてノックの間隔から、せっかちな性格を感じ取ることができる。だがそんなこと感じ取っても意味はない。ドアを開けるかどうかと、相手がせっかちかどうかのあいだに因果関係は存在しない。

皐月はドアを開けるという一大決心をし、チェーンをつけたまま鍵《かぎ》を開けた。

「どちらさまでし……」

ガシャン！

瞬間、ドアが激烈に引っ張られた。チェーンが突っ張って、ごつい音が響く。

「うわ！」

皐月は驚きのあまり腰を抜かしそうになった。

まずい、借金の取りたてか？　だがあいにく金はない。頼む、あと一週間待ってくれ。

そもそも借金をした覚えはない。

「男のくせにチェーンなんてつけちゃってさ」

甘ったるい女性の声が、ドアの隙間から入りこんでくる。

「……もしかして、卯月か？」

「もしかしなくても卯月です。卯月一〇〇パーセントです。そしてあなたは皐月一〇〇パーセント？　表札くらいつけたらどうなの？」

「一〇〇パーセントの確信がないにもかかわらず、人の玄関扉をぶっ壊しかけるのはよくないぞ。いや、確信があってもダメだが」

皐月が『コーポ・ステファニー』に引っ越してからは、卯月は一度も皐月の家を訪ねたことがなかった。しかし一応、住所だけは教えてあったのだ。

「いいから開けてよ。ほんとうに壊すよ？」

「あー、待て待て。いま開ける」

チェーンを外して扉を開けると、ギンガムチェックのシャツワンピースを着た卯月が、不機嫌そうに顔を歪《ゆが》めて立っていた。彼女は玄関で靴を脱ぎ捨てると、皐月の横を素どおりして部屋の中に入った。

「おい、卯月、ちょ待てよ。ミチルが風邪ひいてるんだよ」

「知ってる。電話で聞いたし」

先日、皐月は卯月と電話する機会があり、そこで話したのだ。

「うつっても知らないぞ」

「食生活、運動、睡眠、どれをとっても完璧《かんぺき》なあたしにゃ、誰であっても風邪なんてうつせないよ」

「つーか、アポなしで来るのはよせよ」

「次から気をつける」

「信用できないな」

「神に誓うよ。無神論者だけど」

どこまでもテキトーなやつだ。

卯月は「とりあえずビールもらうわ」と言いながら冷蔵庫を開けた。

「……なにこれ。冷蔵庫の中、林檎《りんご》だらけじゃん」

「風邪には林檎だ。買い溜《た》めておいたんだ」

「こんなに買ったら腐らせちゃうでしょうが。しかも林檎はエチレンガスを多く放出するから、ほかの食材を追熟させて早く腐らせちゃうんだよ。いまこの冷蔵庫の中は、時が加速したメイド・イン・ヘブン状態」

「八百屋さんで安売りしてたんだよ。ちょっとくらい腐らせたところで、大した損失はない」

「食べ物を粗末にするとバチが当たるよ」

「無神論者じゃなかったのか？」

「時と場合による」

「……」

「てか、ビールないじゃん！　ノンアルしかないじゃん！　アル中の風上にも置けない兄だな」

「アル中設定はどこから出てきたんだ」

「作家はみんなアル中って相場が決まってるの。ヘミングウェイ然《しか》り、太宰《だざい》然り、カポーティ然り。たとえ皐月みたいな木っ端でも、それは例外ではない」

「この前、禁酒してるって言ったただろ」

「ぜったい続かないと思ってた」

「……そんなことより、いったいうちになんの用だ？」

「用がなくちゃ来ちゃダメなの？」

「いやダメだろ」

「あー、もう！　ほんとあの男はハズレだったわ！」

どうやら彼氏と別れたらしい。皐月の予想どおり、一ヶ月ももたなかった。

「で、その愚痴を言いに来たのか？」

「違う！」卯月は怒鳴ってから、深呼吸をした。「ま、なんていうかさ、これまためんどうな話でさ。とりあえず座って話そうか。皐月、お茶用意して。茶葉は多めで。早くして」

「……」

皐月は言われたとおり緑茶を用意すべく、やかんでお湯を沸かし始めた。ケトルは最近壊れてしまった。

お湯が沸くまでのあいだ、卯月は布団のふちに腰を下ろして、ミチルを見守っていた。

「かわいそうに……皐月にやられたの？」

「ウイルスにやられたんだよ！」

皐月は急須《きゅうす》にお湯を移しながら怒声を飛ばした。

「ウヅキチお姉ちゃん……こんばんは」

ミチルは卯月に挨拶《あいさつ》をした。彼女は卯月を「ウヅキチお姉ちゃん」と呼んで親しんでいる。

皐月と卯月は、座卓を挟んで向き合った。しばらく緑茶をすする音と、ミチルの苦しそうな呼吸音だけが部屋に漂っていた。

「ま、単純な話なんだけどさ」卯月は口火を切った。「お母さんの耳に、ミチルちゃんが風邪ひいたって情報が入っちゃったわけ」

「はあ!?」

それは面倒だ。きっと切子は「子どもの体調管理ができないなんて保護者失格だ」とか「もう皐月には任せておけない。早く星野《ほしの》さんの家にミチルを預けなさい」とか言ってくるだろう。

「皐月が想像しているであろうことを、お母さんは言ってたよ、うん。そんで、案の定と言うべきか、ミチルちゃんを皐月から奪い取ろうと考えてる」

「ミチルは渡さないぞ」

「勘違いしないで」卯月は呆《あき》れた風に言った。「あたしは、ミチルちゃんを奪い取るために来たわけじゃない」

「じゃあなんのために？」

「様子を見に来たわけさ。抜き打ちチェックってわけ。お母さんの代わりにね。だって心配でしょ？　皐月みたいなポンコツのことだから、あるいはミチルちゃんに正しい処置を施せていないかもしれない。その結果ミチルちゃんの命が失われるようなことがあったら、もう目も当てられない」

「いくらなんでも俺を見くびりすぎじゃね？　俺だって、世間一般レベルの常識は身に着けてるつもりだ」

「それはあまりに甘い自己評価だよ、皐月」

想像以上にナメられているようだ。

「ほんとうは、お母さんは自分で皐月の家に来たかったみたいだけど、あたしが止めといてやったわ」

「有能」

「ありがと。でも、やっぱりお母さんを安心させてあげたいから、代わりにあたしが視察に来たわけよ」

「事情は分かった。で、その抜き打ちチェックはいつまで続くんだ？」

「んー、明日の昼ごろまでかな」

「泊まるのかよ……。ん？　でも、お前、仕事は？　明日ふつうに平日だろ。俺はしばらく休みとってるけど……」

「有給とってるからヘーキヘーキ」

「病気以外で、有給ってそんな急にとれるもんなのか？」

「大企業はそこがいいところでねー」

「さすがエリートは違いますねー」

卯月は早稲田を卒業し、いまは大手の外資系企業に勤めている。

「うちは労働組合が鬼のように強いから、その影響もあるんだけどね」卯月は言った。

「でもさ、最近はアルバイトでも有給もらえるでしょ？」

「支給されてすぐ、軍艦島《ぐんかんじま》観光と肺炎、そしてSuperflyのライブで使ってしまった」

卯月は盛大にため息をついた。

「それにしても」と皐月は言った。「どうして母さんの耳に、ミチルの風邪のことが……」

「あたしが口を滑らせたの」

「てめぇ！」

「ま、それはともかく」卯月はまったく悪びれず言った。「ミチルちゃん、もうご飯食べたの？」

「いや、それがさ」

皐月は、ミチルがデザートなしではもうおかゆは食べない意思を表明したことを話した。そして、どうせならデザートを自分で作ってしまおうと思っていることも。

「ああ、それがいいかもね」卯月はうなずいた。「せっかくだし、栄養がきちんと摂れるデザートを作ろう。ゼリーなんてどうよ？」

「いいね」

「じゃ、そうと決まったらさっそく作るよ」

卯月はスッと立ち上がった。

「いや、まず作り方調べないと」

「んなもん、調べるまでもないでしょうが」

卯月は冷蔵庫を開ける。

「材料は、まず、文字どおり腐るほどある林檎がいいね。風邪といったら林檎。すりおろし林檎にしよう」卯月は冷蔵庫から林檎を取り出して言った。「それから、ゼラチン。皐月、ゼラチンある？」

「あー……ちょっと待って」

皐月は台所の棚を漁《あさ》った。元カノがたまに、手作りゼリーをふるまってくれたのを思い出したのだ。

「あったあった」

皐月は粉ゼラチンの箱をワークトップに置いた。

「作り方は至って簡単」と卯月は言った。「すりおろし林檎、ゼラチン、あとアップルジュースや砂糖を混ぜて、冷やして固める。たったそれだけよ」

「アップルジュース？　すりおろし林檎に、さらに林檎のジュースを加えるのか？」

「すりおろし林檎だけだと、たぶん味が単純になっちゃう。だから市販のジュースを水の代わりに使う。企業努力の賜物であるジュースは、やっぱり使うとおいしくなる。そうあたし個人は思ってる」

皐月は、朝食用に、冷蔵庫にいくつかジュースをストックしている。アップルジュースもある。

「それから」卯月はパックのアップルジュースに続いて、冷蔵庫から瓶のポッカレモンを取り出した。よく夜に、ミチルと一緒にホットはちみつレモンを飲むので、常にストックしてあるのだ。「レモン汁も少々加えてやると、味に深みが増す」

「なんだかんだで詳しいんだな、お前」

「一時期、男を落とすためにデザートの練習してたのよ」

「そんなことだろうとは思った」

さて、準備は万端だぜというタイミングで、座卓の上のアイフォンが鳴った。

まさか切子か。

皐月は恐る恐る座卓に近づくと、画面を覗《のぞ》きこんだ。「左右木薫」の文字が明滅していた。着信に気づいた薫が、かけなおしてきてくれたのだ。

「わざわざ申し訳ありません」

「いえ、こちらこそ出られなくて申し訳ありません。それで、ご用件のほうは？」

「それがですね、解決しました」

「そうですか。もしかしてお料理のことですか？」

「ええ、そうなんです」

皐月は薫に事情を話した。話している最中、台所の卯月が「早くして」と催促してきた。

卯月の声を拾った薫に、妹が家に来ている件も伝えることになり、けっきょく通話時間が延びる結果となった。

「皐月さん。その方法では、ゼリーができない可能性があります」

「え？」

「果物には、たんぱく質分解酵素が入っています。そして、ゼラチンは動物性たんぱく質を主成分としています。つまり、果物のたんぱく質分解酵素が、ゼラチンのたんぱく質を分解して、固まるのを妨げてしまうんです」

「なんと……」

皐月は、そのことを卯月に伝えた。

「……マジ？　でも、昔やったときはちゃんと固まったけど」

卯月の言葉を、皐月が代わりに薫に伝えた。すると。

「もしかして、妹さんはそのとき、缶詰の果物、あるいは果物ジュースを材料に使って、生の果物は入れなかったのではないでしょうか？　市販の缶詰の果物や果汁ジュースは、一度加熱されていますので、酵素は壊れてしまっています。だからゼラチンが固まるのを妨げません。もちろん、果物によって酵素の量は違いますので、一概に生の果物がダメってわけではありませんが」

「なるほど……」

「ともあれ、どんな果物であれ、市販の缶詰やジュースと同じことをすれば、生でも安心してゼリーを作れますよ。すなわち、加熱してしまえばいいんです」

「そうすれば、たんぱく質分解酵素は壊れるってわけですね！」

「そういうことです。鍋《なべ》で煮てもいいですし、レンジでチンでも大丈夫です」

皐月は丁寧にお礼を言ってから電話を切った。そして卯月に説明した。

「ああ、たしかに昔作ったときは、缶詰を使ってたわ。うん、納得」

卯月も納得したところで、ゼリー作りを再開した。まずは林檎《りんご》をすりおろす。手を動かすのは皐月の役目だ。

すりおろし終えると、それを耐熱容器に入れる。それからアップルジュースと、ポッカレモンも少々投入した。

「砂糖の代わりにはちみつを入れちゃおう。風邪にいいイメージあるし」

卯月が横から、はちみつを目分量で投入した。

いろいろ混ざった液体を、６００Ｗで三分熱する。これで、林檎のたんぱく質分解酵素は消し去れたはず。

熱し終えたら、レンジから容器を取り出して、中身が温かいうちにゼラチンを投入する。

「んで、粗熱を取った方がいい。よし、じゃあ氷水の準備。あとバットも。早くして」

「へいへい」

バットに氷水を流しこんで、そこに容器を置く。

ほどよく熱がとれてきたところで、「よし、次はこれをゼリーカップに移す」と卯月は言った。

「かしこまった。んで、そのあとは冷蔵庫に入れて、固まるのを待つだけってわけだな」

「そうね。あたしが作ったときは、冷蔵庫に入れて二時間くらいで固まったけど」卯月はスマホで時間を確認した。「もう七時半だし、なるべく早く食べさせたい。そこで、あらかじめ冷凍庫でカップをキンキンに冷やしておくと、移し替えた後ゼリーが固まるのをすこし早められる」

「おいおい、あらかじめって……。そういうことは、あらかじめ言ってくれ」

「ダイジョーブ博士。皐月が女の人とだらだら電話してるときに、あたしがカップをいくつか冷凍庫に入れておいたから」

「有能」

冷凍庫には、ガラスのゼリーカップが三つ入れてあった。皐月はそれらを取り出して、容器に入った液体を移し替えていく。

「んで」と卯月は言った。「さらに固まるのを早めるために、冷蔵庫じゃなくて冷凍庫に入れよう」

「なるほど。でも、凍っちゃわないか？」

「凍るね、たぶん。だから、冷凍庫でいい感じに冷やしたあとは、いい感じのタイミングで冷蔵庫に移し替えよう」

「そのいい感じのタイミングは？」

「んなもん十分おきくらいでチェックすりゃいいでしょ。皐月の仕事ね」

「ああ、うん」

そのあとは、恒例のおかゆづくりにとりかかった。ゼリーを気に入ってもらえれば、きっとおかゆも食べてもらえる。

おかゆが煮えるのと、ゼリーが固まるのを待っているあいだ、皐月と卯月は座卓を挟んで雑談をした。もちろん皐月は、こまめに冷凍庫をチェックする。

「で、けっきょくミチルちゃんには、まだほんとうのことを話せてないんだ?」

ミチルについての話題になると、ふたりは声を潜めた。ミチルは眠っているようだけど、念には念をだ。

「話せてないというか、話してないんだ。俺は、このまま嘘を貫きとおすつもりだよ」

ミチル、君は未来永劫《えいごう》、悲しみなんて知らなくていい。苦労なんてしなくていい。世の中は甘くて柔らかい、夢と平和で満ち溢《あふ》れたところだと思っていてほしい。それが皐月の気持ちだった。

「皐月、気づいてる? もう梯子《はしご》は外されてるんだよ?」卯月は珍しく真剣な表情だ。

「外したのはほかでもない、皐月自身だ。そして皐月は、それでもまだまだ、強引に上へ上ろうとしている」

「そのとおり」皐月は認めた。「もう飛び降りるには高すぎる位置に、俺はいるわけよ」

「いや、まだ一命をとりとめる可能性はある。あたしはそう思うがね」

「俺は上っている張本人だ。俺の意見のほうが正しいはずだ」

「距離や高さってね、案外第三者から見たほうが正確な数字を出せるんだよ」

「……ちとゼリーチェックしてくる」

皐月は立ち上がって、台所へ向かった。卯月はとくになにも言わなかった。


「おー、これは、いい出来なんじゃないか！」

皐月は完成したゼリーを見て、歓声をあげた。

内側にすり林檎を含んだ、淡い黄色のゼリー。

皐月と卯月はさっそく食べてみることにした。ミチル用のほかに、皐月と卯月のぶんも作ってある。

「これは、うん、いけるな！」

林檎の甘みと、レモンの酸味が絶妙に合わさっている。そして後からはちみつの甘みも合流して、それらはさっぱりした後味を残して喉《のど》を通っていく。

「すりおろし林檎の食感もちゃんと残ってるね」と卯月は言った。「ゼリーのプルプル感と、すりおろし林檎のザラザラ感。一度にふたつの食感が楽しめるね」

「だな。市販のやつみたいに完成された味ではないけど、これはこれでうまいな」

ひととおり味見を終えると、いよいよミチルの番だ。

ミチルはちょっと前に目を覚ましている。

風邪は回復の兆しを見せており、最初に比べたら楽そうだ。

「ミチル。ゼリー食べられるかな？」

「わ、おいしそう」

ミチルは笑みを浮かべた。

この笑顔を消し去りたくはない。ゼリー、気に入ってくれるといいんだけど。

皐月は、スプーンで林檎ゼリーを掬《すく》うと、ミチルの口に持っていった。

ミチルはそれを口に含んで、時間をかけて飲みこんだ。

「どうかな？」

皐月はやたら緊張していた。隣の卯月も、真剣なまなざしをミチルに向けている。

「おいしい。お母さんがよく作ってくれたやつに似てる」

皐月と卯月はホッと胸を撫《な》でおろした。

「そっか。お母さんも、ゼリーを作ってくれたんだね」

「うん。葉月くんとふたりで、よく作ってた」

「兄さんが？」

「葉月くんは、ぜんぜん上手にならなくて、お母さん笑ってた」

ミチルは、父親について語るとき、その感情にやたらばらつきがある。あるときは、ぶたれたと言って泣きそうな顔になって、夢ですらうなされている。でもいまのように、穏やかな表情で思い出を語ってくれることもある。

優しい父と、粗暴な父。いったいどっちが、ほんとうの兄さんなんだ？

「もっとちょうだい」

ミチルの声で、皐月は我に返った。

「あ、うん」

ミチルはゼリーを完食し、約束どおりおかゆも食べてくれた。


ミチルが深い眠りについたあと、皐月は西友へ向かった。卯月がどうしてもビールを飲みたいとせがんだからだ。アル中じゃないだろうな……？

ゼリー作りを手伝ってもらった恩もあるので、皐月は渋りに渋った末に家を出た。

皐月は西友でビールを何本かテキトーに選んで、それでいてスーパードライは頑《かたく》なに避け、生鮮コーナーに移動した。酒を飲んだ翌朝は必ずシジミ汁を食するというルールで自らを縛る卯月のために、シジミを買っていくのだ。

「俺はアサリのほうが好きなんだけどなあ」

肝臓の働きを促進するオルニチンやタウリンが豊富なシジミ。アルコールのあとにはシジミっていうのは常識で、じっさい非常に有効だ。しかし皐月は、どうもあの小粒な感じが好きになれなかった。実が小さすぎて、「食べている」という実感が湧かないのだ。

「アサリも買っとこ」

皐月はかごにアサリを入れた。

翌朝、皐月は七時前に目覚めた。

皐月は卯月のために、シジミ汁の作成に取り掛かった。

しかし、冷蔵庫を開けてシジミを取り出したとき、彼は衝撃的なことに気づいた。

「砂抜き忘れてた……」

やばい。一時間後には、卯月は目覚めるだろう。彼女は、休日は必ず八時前に目覚めるというルールを自らに課している。昨晩がぶがぶビールを飲んで「頭痛い」と言ってはいたけど、それが彼女の起床の妨げになるとは思えない。そういう面で、卯月は病的なまでにストイックなのだ。

卯月のためにどうしてここまで悩まなくてはならないのだという疑問もあるが、余計な衝突は避けるに越したことはない。

それから、自分で食べるために買ったアサリも、砂抜きしなければ。

皐月は、アイフォンでネットの海にダイブし、ちゃちゃっと調べて、「五十度洗い」という時短テクを頭に叩《たた》きこんだ。

まず、約50度のお湯をボウルにためる。温度計はないので、沸騰したお湯と冷水を半分ずつで割った。ま、これでだいたい50度でしょ。そこに、洗っておいた貝を投入する。

「おお」

まずシジミで試してみると、たしかに、お湯に入れてちょっとすると、貝殻がゆっくり、僅《わず》かだけど開くのが確認できた。

続いて、もうひとつのボウルで、今度はアサリを五十度洗いにかけてみた。

「おおお」

アサリの場合は、シジミよりも動きが派手だった。貝殻がゆっくり開いて、隙間からぷくぷくと泡が漏れてくる。そして、出水管と入水管もうね〜と出てきた。

半信半疑だった時短テクだが、これは信用してよさそうだ。

様子を窺《うかが》い、お湯が白く濁ってきたら、貝がきちんと砂を吐き出している証拠だ。うまくいかない場合、それはお湯の温度が高すぎるか、低すぎるからだ。冷水あるいは熱湯を加える必要がある。

しかし皐月は一発でうまくいった。お湯に砂や汚れが浮いてきて、どんどん濁っていく。あとは、そのまましばらく待てばいい。しかし、ただ待つのではなく、何度かボウルの中身をかきまぜてやると、より効率よく砂や汚れを吐き出させることができる。然《しか》るべき時間の経過後、お湯を捨てる。そして貝をもう一度洗って、終了だ。

すべてのフローを、アサリは三十分、シジミは二十分といったところでこなすことができた。一般的に一晩かかる砂抜きが、こんな短時間でできるとは、驚きだ。

砂抜きしたシジミとアサリを水から煮て、味噌《みそ》汁を作る。シジミ汁とアサリ汁を別々で作ろうとも考えたけど、めんどうなのでやめた。アサリが入っていても、卯月はべつに怒ったりはしないだろうし。

皐月が続いてミチルのためのおかゆを作ろうとしたタイミングで、卯月は目覚めた。八時五分前だった。

「シジミ汁」

寝起きの第一声がシジミ汁とは、ふざけたやつだ。

「できてるよ。いまよそう」

皐月はお椀《わん》に味噌汁をよそって、座卓にふたつ置いた。自分と卯月のぶんだ。ミチルはまだ寝ている。もし起きていたとしても、きっと味噌汁には興味を示さないだろう。

「おー、ふつうにうまそうなんですけどー！」

卯月が歓声をあげた。

「とりあえず、これしか作ってないんだ。もし本格的に腹が減っているなら、ほかにもなんか作るけど」

「いいや、食欲はない。だから味噌汁くらいがちょうどいい」

卯月はまず、汁をひと口飲んだ。

「月並みな感想で悪いけど、沁《し》みるわー」

「それはよかった」

やはり作ったものを褒めてもらえるのはうれしい。

「お、シジミだけじゃなくて、アサリも入ってんじゃん」卯月は箸《はし》でアサリをつまみあげて言った。「なんだかんだで、シジミとアサリをどっちも入れた味噌汁は初めて食べたわ」

皐月も味噌汁をひと口飲んだ。

月並みの表現とはいえ、やっぱりまず感じるのは「沁みるわー」だ。シジミとアサリのエキスが味噌と溶け合い、口の中に広がる。さっぱりしているけども、舌にしっかり味を残して、潮の香りを含んだ味噌汁は喉を抵抗なくとおっていく。貝の実を噛《か》むと、味噌味の付いたエキスがジュワと溢れてくる。やはり食感という面では、実が大きいため、シジミよりアサリが優れている。

とはいえ、シジミもうまい。皐月は禁酒中のため、昨夜アルコールを飲んでいないけど、なぜか体全体がシジミを渇望しているように思える。シジミの栄養素の雨が、体の中の砂漠に降り注いで、渇きから解き放ってくれるようだ。

「おはよー……」

ミチルが目覚めた。彼女は布団から出ると、立ち上がって座卓まで歩いてきた。

「ミチル、歩けるようになったのか」

昨日までは、ミチルの足取りはおぼつかなかった。トイレに行くときも、皐月が抱っこして連れて行っていた。

熱を測ってみると、すっかり下がっていた。

「でも、無理しちゃだめだよ」と皐月は言った。「もうしばらくは、ちゃんとお家で寝てないとね」

「えー、早く悠人《はると》くんたちと遊びたい」

なにはともあれ、ミチルが元気になってくれてよかった。

「ミチルちゃん、お味噌汁のむ？」卯月が尋ねた。「これ、皐月くんが作ったんだよ」

「ミチル、お味噌汁すき」

そうだったっけ？と皐月は思った。いままでは、あれば食べるけど、強いて求めるほどではないメニューだったはずだけど。

皐月はもうひとつお椀を用意して、味噌汁をよそった。

「ミチル、貝さんすき。シジミさんも好きだけど、いちばんはアサリさん」

ミチルは、アサリの実を食べると、そう言った。

「そうだったのか。なんか、まだまだ俺、ミチルについて知らないことだらけだ」

そこで皐月は、今朝のおかゆはアサリを入れてみようかな、と思った。ただおかゆに載っけるだけでなく、出汁もアサリからとってしまおう。

アサリは十分余っている。シジミとアサリをひとつの味噌汁に投入するにあたって、当初予定していたより、それぞれの投入量を減らしたからだ。

彼はさっそく作業に取りかかった。アサリはすでに砂抜きしてあるので、土鍋《どなべ》にそのまま放り込んでしまう。そして水を加えて沸騰させる。沸騰したら、一度アサリを土鍋から取り出して、べつにしておく。それでアサリのだし汁は完成だ。

そのだし汁に、生米を投入する。あとは、ふつうのおかゆと同じフローを辿《たど》って、最後に分けておいたアサリの実を添えてやれば完成だ。

しばらくして、座卓に三つの茶碗《ちゃわん》が並んだ。きれいに出来上がった、アサリ粥《がゆ》だ。

「わあ！　おいしそう！」

ミチルは歓声をあげた。お粥でここまで喜ぶミチルを見たのは初めてだった。それだけアサリが好きということだろうか。

「うん、イケるイケる」食べながら、卯月が感心したように何度もうなずいた。「アサリって案外存在感が強いんだなってしみじみ感じるわ。エキスがきちんと染みわたってる」

ミチルもアサリ粥を食べ始めた。今回は、レンゲを使って自分で食べている。

「おいしい！」

「よかった」

皐月はほっと胸を撫《な》でおろした。やっぱり初めての料理は、毎回ミチルの反応がとくに気になってしまう。

「なんかね、なつかしの味、って感じがする」

「なつかしの味？」

「うん。ミチルね、お父さんとお母さんと住んでるとき、よく貝さん食べてたから」

「お父さんとお母さんも、貝が好きだったんだね」

「うん。大好きだった」

葉月が貝類を好んでいたとは、初耳だった。

「いろんなものにね、貝さん入れちゃうの。ミチルはね、アサリさんが入ったおうどんがいちばん好きだった」

「うどんにアサリ？」皐月は首を傾げた。「お父さんやお母さんが作ってくれたの？」

「うん。作ってくれるときもあったよ。でも、うどん屋さんで食べることのほうがいっぱいだった。お店、お家の近くにあったの。お父さんが、よく連れて行ってくれた」

ミチルはにんまり笑って言った。

皐月は、葉月のマンションの周辺を思い描いた。そこらへんは飲食店が少なくて、葉月は「不毛地帯だ」と嘆いていた。でも、うどん屋があったのか。

今度探してみようかなと、皐月は思った。


「それじゃ、達者でな皐月。ミチルちゃん、またねー！」

帰り支度を終えた卯月は、玄関でミチルに手を振った。

「ウヅキチおねーちゃん、さようなら」

ミチルも手を振り返した。

「さてと……」

卯月も帰り、いろいろとひと段落ついたところで、皐月は小説の執筆を開始した。しかし。

「ねー、皐月くーん、モンスターボールなくなっちゃったー」

ミチルが皐月のアイフォンをいじりながら言った。

「え……スーパーボールは？」

「もうないー」

ちょっと前にミチルにアイフォンを手渡したときは、モンスターボール六十個、スーパーボールは三十二個あったはずだ。

「まだ一匹も捕まえてないのにー」

「え……」

一匹も捕まえないまま、百個近く消費したというのか……。恐ろしいコントロールだ。

すこしして。

「皐月くーん、お話の続きしてー」

「お話か。よし」皐月はミチルと向き合った。「どこまで話したっけ？」

こんな調子で、執筆はまったく進まなかった。

●

「皐月くん、大丈夫？」

ミチルが心配そうな表情で、皐月を覗《のぞ》きこんでいる。

「うん、ぜんぜんへーき……」

布団に臥《ふ》せる皐月は、うつろな声で答えた。

「ミチルちゃんの次は結城さんが風邪をひいてしまうなんて、なんといいますか、ごくろうさまです」

台所から、トレイを持った薫がやってきて、座卓のそばに座った。

「おいミチルー、このプリン食っていいのかー？」

台所から悠人の声が聞こえてくる。

皐月が風邪をひいたという情報は、保育園に復帰したミチルの口から悠人に、悠人から薫に伝わった。そして薫と悠人がお見舞いに来てくれたのだ。

お見舞いにきてくれるのはとてもうれしい。しかし、ちょっとにぎやかすぎる。しみったれた六畳間に仕舞っておくにはもったいないほどにぎやかだ。

薫は、おかゆの入った土鍋を座卓に置いて、「どうぞ」と言った。

「なんか、申し訳ありません」

皐月は恐縮しながらも、レンゲを手に取って座卓の前に座った。

「ミチルも手伝ったんだよー」

ミチルは戦果を誇るかのように胸を張った。

「ありがとう」

ミチルに後光が差しているように見えた。君は女神なのか。なんか、ほんとに泣けてきた。

おかゆには、アサリが散らされている。先日、皐月が作ったのと同じだ。だけど、アサリ以外にも、刻みねぎと生姜がトッピングされていて、皐月が作ったものよりはるかに華やかだった。

「こんなに美味《お》しいお粥を食べたのは生まれて初めてです」皐月は言った。本音だった。

「おかゆって、作り手次第でこんなにも違ってくるんですね」

かつてフェリーの中の食堂で食べた、革命的おかゆ——あれに複雑な味付けを施した感じだ。そんなおかゆを、家であっさり作り上げてしまう薫に、皐月は改めて尊敬の念を抱かずにはいられなかった。

「ごま油も入れているんです」と薫は言った。「ミチルちゃんが教えてくれたんですよ。アサリとごま油がよく合うって」

「なんか斬新《ざんしん》。ミチルはグルメさんだなあ」

皐月はミチルを見て言った。

「アサリさんが入ったおうどんにね、ごま油を入れてたの。それがすごくおいしいの」

そういえば先日、そんなことを聞いたな。ミチルは葉月とルリと暮らしているとき、よくアサリが入ったうどんを食べていたと。とくに、お店で食べることが多かったと。

「たぶんそれは、『ガマゴリうどん』ですね」

薫は人差し指を立てて言った。

「ガマゴリうどん？」

「はい。愛知県のご当地グルメです。その名のとおり、蒲郡《がまごおり》市が発祥の地です」

「愛知県の、蒲郡市ですか。ちなみに、ガマゴリうどんって、東京とか千葉とかの、関東でも、取り扱ったお店があるんですか？」

「うーん、どうでしょう」薫は顎《あご》に人差し指を当てて考えこんだ。「すくなくとも、私は見かけたことありませんね。ふつうのうどん屋さんでは、まず置いてないかと」

　皐月は違和感を覚えた。というのも、ミチルは先日、アサリが入ったうどん（おそらくガマゴリうどんと思われる）を葉月のマンション近くの店で食べたことがあると言った。葉月のマンションは千葉県の、静かな住宅街にある。そこに、愛知県のご当地グルメを取り扱ったうどん屋が？　もちろんありえない話ではない。だけど、やっぱり違和感……。

「皐月くん、早く食べないとおかゆ冷めちゃうよー」

「ああ、ごめんごめん」

　おかゆを食べ終えたタイミングで、玄関扉に三々七拍子のビートが刻まれた。

　皐月の代わりに薫が玄関扉を開けてくれた。

「ミスター皐月」すっかり回復したハロルドが、布団のそばに腰を下ろした。いよいよ六畳間はぎゅうぎゅうである。「郵便物が溜《た》まっていますよ」

『コーポ・ステファニー』のポストは、すべて一階にある。たったふたつの集合ポストだ。そこに入っていた皐月宛ての手紙を持ってきてくれたようだ。

「げ」

　郵便物のほとんどが、公共料金の催促だった。すっかり払い忘れていた。

皐月は脳内で勘定をし、そしていよいよ財政破綻《はたん》の足音が背後に迫っているのを感じ取った。ほんとうなら、のんきに寝ている場合ではないのだ。

でも——。

皐月はゆっくりと、部屋でがやがやしている面々を見渡した。ハロルド、薫、悠人、そしてミチル。彼らは一様に笑顔を浮かべている。

——なにはともあれ、いまは親切な仲間たちの厚意に甘えて、ゆっくり休むとしようじゃないか。

レシピ5　思い出の味

少女の好き嫌いは、だんだんと減っていきました。

天使さんは言いました。「あともうすこしだ。もうすこしで、神様は君を認めてくれる」

天使さんは言いました。「あともうすこしだよ。うん、ほんとうにもうすこし。もうすこしで君は、お父さんとお母さんに会えるんだ」

天使さんは言いました。「もうすこしだってば、うん。ほんとにもうすこし……」

「ホンフホ！」ミチルは箸《はし》を座卓に叩《たた》きつけて怒鳴った。「もうすこしもうすこしって、天使さんそればっかり！」

「……だけど、少女にはまだ好き嫌いがすこし残ってるから、しょうがないんだよ」

皐月《さつき》は苦し紛れな言い訳をした。

じっさいは、ただ単にオチを思いつかないだけだ。ミチルの好き嫌いを矯正するために作り上げてきた物語は、いよいよクライマックスに突入していたのだが、どうしても完結させられない。毎回毎回ちょっとした事件を起こして、それを食べ物要素と絡めて解決させるのを繰り返していた。物語はその場で足踏みしながら、クオリティだけがすり減っていく。

しかしそれは仕方のないことだった。だって、完結はすなわち、少女が両親と再会することを意味する。そうしたら、ミチルだっていよいよ両親と会えないとおかしくなってくる。ミチルの中ではすでに、物語と現実は同義なのだから。

「ミチルは？」とミチルは言った。

「え？」

「ミチルには、いつになったら葉月《はづき》くんとお母さんを返してくれるの？」

「それは神様が決めることだから、俺にはなんとも……」

「皐月くんは天使さんでしょ！　神様に聞いてみて！」

「神様は忙しいからさ……。それに、神様はよくスマホを家に忘れたまま出かけちゃうから、電話しても出てくれないと思うんだ」

「じゃあＬＩＮＥしておいて！」

「かしこまった」

皐月はＬＩＮＥで、『神様』に「ミチルは、いつ両親に会えるのでしょう？」と送った。

神様の正体は卯月《うづき》である。彼女はわざわざアカウントをもうひとつ作って、『神様』の名前で登録してくれているのだ。アイコンの画像は『ビックリマン』のスーパーゼウスだ。皐月がいつまでもミチルに真相を話さないことに苛立《いらだ》ちながらも、なんだかんだで卯月は協力してくれている。

ミチルはとりあえず怒りの矛を手放し、代わりにまた箸を持って朝食と向き合った。

本日のメニューは、ご飯と味噌《みそ》汁、そして驚くべきことにだし巻き卵もある。これはちょっとした事件である。だし巻き卵は、料理初心者にはハードルが高い。手首のスナップを利かせてフライパンを振り、卵液を奥から手前へ……卵はきちんと層にして、ふわふわの食感を演出……なんて、考えただけでうんざりする。そんなめんどうなこと、忙しい朝にしていられるか。

だけどミチルがだし巻き卵を食べたいと言い出したものだから、皐月は重い腰をあげて、情報を集めたのだ。そして、初心者でも作れる方法を見つけた。忙しい朝でも無理なく作れる時短テクも。

まず、前の晩に、削り節と水を混ぜてだし汁を作り、それを容器に入れ、冷蔵庫で保管しておく。そして翌朝、ボウルで卵をかきまぜて、そこに冷蔵庫に入れておいただし汁を投入する。ふたり分なので、卵は三つ、だし汁は大さじ四杯くらいでいい。さらにそこに、みりん小さじ一杯、醤油《しょうゆ》小さじ一杯を入れて、卵液が完成だ。そしていよいよフライパンの登場。成功の確率をすこしでも上げるため、皐月は、四角い形をした、卵焼き専用フライパンを購入していた。出費だが、仕方ない。

フライパンを中火で熱して、油を塗る。卵液の三分の二をフライパンに落として、ゴムベラでかきまぜる。半熟になったら、それを奥に寄せる。空いた手前にすばやく油を塗って、残りの三分の一の卵液を入れる。そして、その卵液が、奥の半熟卵の下に行き渡ってくれるように、フライパンを奥に傾ける。卵液の表面が固まってきたら、ゴムベラで手前にぱたんと折って、出来上がりだ。

この方法なら、だし巻き卵最大の難関である「巻く」というアクションを省略できる。巻いていないので、だし巻き卵と言っていいのかは疑問だが、味と食感はだし巻き卵そのものだ。大切なのは経緯ではなく結果である。

なお、今朝のだし巻き卵には、細かく刻んだ人参《にんじん》とほうれん草も入れてある。ミチルの好き嫌い克服訓練だって忘れちゃいない。

「皐月くん、お料理上手になったよねー。すごくおいしい」

ミチルがだし巻き卵を食べて、そう言った。

「ありがとう。これからもがんばるよ」

ミチルの笑顔を見られるだけで、今日も一日がんばろうって気になれる。

梅雨に入った。降りしきる雨が春の面影を洗い流し、夏がとおるための道が着々と出来上がっていく。

料理は順調な皐月だが、それ以外はいたって順調ではなかった。

「結城《ゆうき》さん。スランプってやつですかね？」

バイトを終えたあと、皐月は新宿《しんじゅく》の喫茶店で、担当編集者の海谷《かいや》と話をした。皐月がなかなか修正原稿をあげてこないので、さすがに業を煮やして、直接話したいと申し出てきたのだ。

皐月は、海谷と会う約束をしたその日から、いよいよ原稿の修正に本気を出した。そして一応修正を終え、プリントアウトして持ってきた。

海谷はすさまじいスピードで原稿を読んだ。銀縁眼鏡の奥の切れ長の目が、皐月の文章を鋭く切り取って頭の中に仕舞っていく。プリントは次々とめくられ、彼がすべて読み終わったとき、驚くべきことにホットコーヒーはまだ十分な温度を保っていた。もちろん要所要所を拾って読んだのだろうが、それにしても早すぎる。

そして海谷は言ったのだ。「結城さん。スランプってやつですかね？」

それは落第を意味していた。

皐月は叫びたいのをこらえて、ひと言「すみません」と言った。

それから海谷は、小説の問題点を丁寧に説明してくれた。皐月は適宜メモを取った。

「今回は長期戦でいきましょう」と海谷は言った。「幸いまだ出版予定日は決まっていません。なので、明確な締め切りはないんです。ま、ほんとうは、冬前に出版できるのが理想でしたが」

皐月の小説の物語が、冬の季節を舞台にしているため、出版日もそれに合わせるのが理想的だった。季節感というのは、案外売り上げに関わってくる。

「ご迷惑をおかけします」

「いえ、大丈夫です。そんなときだってありますよ」海谷はポーカーフェイスのうえに、わずかに笑みを載っけた。「ちなみになんですが、そこにあるプリントはなんでしょう?」

海谷は、皐月がソファ席の隣に置いているリュックを指さして言った。リュックのチャックは半分開いていて、そこから紙の束がのぞいている。

「ああ、これは、ミチルのために作ったものです」

皐月は、ミチルに聞かせていた物語を清書していた。活字にすることで、うまいオチが浮かぶかもしれないと思ったのだ。

「家を出るとき急いでいて、間違って小説の原稿と一緒に持ってきてしまったんです」皐月は頭を掻《か》いた。「小説の進みが芳しくないのに、こんなものに時間を割いてしまって、申し訳ありません」

「いいじゃありませんか。ミチルちゃんのために時間を割くのは、大切です。ところで、その原稿、拝見してもいいですか？」

「え？　で、でも、人に見せられるクオリティじゃ……。それに、まだ途中で……」

「もちろん無理にとは言いません」

「いえ、大丈夫です、はい」

　頼みを断れない性格の皐月は、原稿をリュックから取り出して、海谷に手渡した。

「拝見します」

　海谷が原稿を読んでいるあいだ、皐月はずっと窓ガラス越しに外を眺めていた。窓ガラスにさらさらと張り付く細かい雨粒たちが、大通りを行きかう自動車のライトや街のネオン、それから沈みゆく太陽の残照を混ぜ合わせて抽象画を描いている。

　ミチル用の物語の原稿は、大した文字数じゃない。だから海谷は五分とかからず読み終えた。

「おもしろいですね」

「……え？」

　意外な答えに、皐月は硬直した。

「子どもを相手に書いたものなので、余計な力が入っていません。伝えたいことを簡潔に書いています。テーマも明確で、示唆に富んでいますね」

「ど、どうも……」

「完結したら、ぜひもう一度見せてください」

皐月はうれしい気持ちの半面、悔しい気持ちもあった。本気で書いた小説より、片手間で作った物語のほうが好感触なんて……。

店を出て、新宿駅の西口で海谷と別れた。

家に帰ると、ミチルと、彼女の世話をしてくれていた薫《かおる》と悠人《はると》が声をそろえて「おかえりー」と言った。最近、ハロルドがミチルの面倒を見られないとき、代わりに薫が引き受けてくれるようになった。もちろんシングルマザー（まだ正式には離婚が成立していないようだが）である彼女は、悠人を連れてくる。

「ただいまです」

奥さんと子どもに出迎えられるパパを疑似体験しているようだ。

「結城さん、ずいぶんとお疲れのようですね」と薫は言った。「最近、さらに痩《や》せたようですし」

皐月は、ミチルの看病に続いて、自らも風邪にかかった。彼の連続欠勤は、深刻な金欠を招いていた。ゆえに、バイトのシフトを増やさざるを得ず、そこに小説の悩みも加わり、控えめに言っても体調が悪かった。

それは先日、卯月が気まぐれで『コーポ・ステファニー』を再訪したときにも指摘されたことだった。「ちょっと皐月、ゾンビみたいになってるよ？　お金なら貸すから、バイトを減らしなよ」

しかし皐月はその提案を断った。「さすがに妹に金を借りるわけにはいかない」と。

卯月は「昔から妙なところで律儀だね。意識低いのか高いのかほんと分からんわ」と呆《あき》れていた。

薫と悠人が帰っていくと、皐月はミチルを風呂《ふろ》に入れた。

風呂からあがると、皐月は自分用の夕飯を作るため、冷蔵庫をチェックした。ミチルはすでに、薫と悠人と一緒に済ませている。

と、そのとき、アイフォンがぶるぶると震え始めた。切子《きりこ》からの電話だった。

皐月は迷った挙句に出た。

「どうしたの？」

「皐月、星野《ほしの》さんには話をつけておいたわ」

なんの話だかさっぱり分からなかった。親戚《しんせき》の星野さんに話をつけた？

「えっと、なんの話を？」

「ミチルのことに決まってるでしょ。前話したでしょ？　星野さんが、ミチルを預かってもいいって言ってるって話」

「ちょ、ちょっと待ってよ!」

皐月は思わず大きな声を出してしまい、とっさに声を潜めた。そしてなるべくミチルから離れた。

「何度も言ってるけど、ミチルは俺がしばらく預かる」

「前からしばらくしばらくって、いったいいつまでかしら?」

「ミチルが安心できる環境が整うまでだよ」

「安心できる環境」と切子はオウム返しした。「星野さんの家は、十分に安心できる環境でしょ? 大きな家。潤沢な資産。子育ての経験。どれをとっても、あんたより優れている」

正論だった。たしかに、皐月なんかより星野家のほうが、ミチルを育てるのに圧倒的に適している。星野家が人格者揃いであることも分かっている。

「そ、そうだけどさ……」

でも、違う。そういうことじゃないんだ。ちくしょう。どうして肝心なときに、適した言葉が出てこないんだ。それでも作家か。皐月は自らを叱咤《しった》する。

「それから、いつまで嘘をつき続けるつもりなの?」

「え?」

「あんた、ミチルにわけの分からない空想話を吹き込んでるんだって？」

「どうしてそれを……？」

「卯月が口を滑らせたわ」

あのポンコツ！

「皐月、あんたは良かれと思ってやってるんでしょうけど、それは大きな間違いよ。あんたがしてるのは、池で溺《おぼ》れているミチルを救いだして、それから改めて海に放りこむような行為なの」

嘘でひとときの救済を与えることで、同時に、やがて訪れる絶望をどんどん大きくしてしまっている。切子はそう言いたいのだろう。

たしかに、いつかは必ず、ミチルは真相を知ることになるのだ。そのとき、皐月がつき続けた嘘のぶんだけ、ミチルは余計なダメージを受けることになる。

「分かってるよ」

「分かってないわ」切子はぴしゃりと言った。「あんたは昔からそう。いつだってその場しのぎの連続。先のことを考えず行動する。その性格が、あんたをいい方向に導いたことも、たしかにあったでしょう。でもいまは違う。あんたは狂ったコンパス片手に、間違ったほうへ進み続けている」

「でも……」

皐月は言葉を紡げなかった。切子の言っていることが正しいからだ。昔からそうだ。切子は視野が狭いけど、言うことはいつだって正論だ。始末に負えない。

「限界を認めること。それも大切よ」

「限界を、認める……」

「あんたはもう限界なの。体力的にも、精神的にも、経済的にもね」

たしかに体調はすこぶる悪い。心は不安定で、小説もうまくいかない。風邪の件もあって、金銭的にもピンチ。

「もしミチルを遠くにやるのが嫌だって言うなら」切子は冷たい口調で言った。「私が預かるって手もあるわ」

「母さんが？」

「そう。それなら、あんたも気軽に会いに来られるでしょ？　新幹線を使えば二時間ちょっとなんだから。九州よりぜんぜん近い」

でも、切子はミチルを敬遠していたはずだ。そんな人間が、ミチルを幸せにできるなんて思わない。

「私も最近、ミチルに親しみを覚えてきてね」

皐月の考えを見透かしたように、切子は言った。

「どうして急に？」

「時間のせいでしょうね。時間が経つにつれて、ミチルが葉月の娘だっていう実感が湧いてきたのよ。それに、卯月からミチルの話を聞いたりして、かわいいとも思い始めているし」

切子の言葉に嘘はなさそうだ。息子である皐月は、それを肌感覚で理解できた。だけど。

「だけどやっぱり、ミチルは俺がもうしばらく預かりたい。お願い」

「そう」切子はなにかを悟ったような調子で言った。「せいぜいがんばりなさい」

電話が切れた。

「ミチルのこと話してたのー？」

ミチルが不安そうな表情で言った。

「まあ、うん。切子おばさんがね、ミチルのことを心配してるんだ」

「うん」

「でも、ミチルは元気で、いい子にしてるよって言っておいたよ」

「野菜もちゃんと食べてるって言ったー？」

「うん。言っておいたよ」

にんまりと笑うミチルに、皐月は聞いてみた。

「ねえ、ミチルはさ、その」どうも言葉がまとまらない。「なんていうか、俺と一緒に住んでるの、楽しい？」

「楽しいよー。皐月くん優しいし、お料理上手だし、天使だし！　ミチル、皐月くんのこと好きだよー！」

「ありがとう」

涙の気配を感じた皐月は、反射的にミチルから目を逸《そ》らした。

「葉月くんとお母さんが帰ってきたら、お願いしてみるね。皐月くんも一緒に住めるようにって！」

「ありがとう」

皐月はいまさらながら、大きな後悔に襲われた。

切子の言うとおりだ。ミチルの笑顔は、いつか必ず失われてしまうんだ。皐月がつき続けた嘘を上乗せした悲しみが、ミチルに襲いかかるんだ。

ミチルが寝息を立て始めると、皐月はこっそり布団を抜け出して、ダイナブックを立ち上げた。そしてキーボード音を極力殺しながら、ワードに文章をしたためていく。

画面に表示されているのは、今日海谷にダメ出しされた小説ではなく、ミチルのために作っていた物語のほうだ。

皐月は一心不乱に、物語を進めていく。

「おめでとうお嬢ちゃん！」

最後の料理を完食した少女を、天使はぎゅっと抱きしめた。

森でくすぶっていた食べ物たちを、少女はすべて食べ終え、魂を解放してあげた。彼女の試練はついに終わりを迎えた。

「これでやっと、お父さんとお母さんが帰ってくるのね！」

「そうとも言えるし、そうじゃないとも言える」天使は複雑そうな表情になった。「お父さんとお母さんがお嬢ちゃんに会いに来るんじゃなくて、お嬢ちゃんがお父さんとお母さんに会いに行くんだ。試練を終えて扉が開かれたいま、やっとそれができるようになった」

「うーん、なんだかよく分からないわ」少女は首を傾げた。「でも、とにかく、お父さんとお母さんに会えるのね？」

「そのとおり」天使は笑うが、やはりどこか複雑そうだった。「ま、ついてきて」

天使は少女を小屋の外に連れ出して、足早に歩いていく。しばらくすると、森が終わった。少女は森の外に出ることができたのだ。

森を出るとすぐに、大きなお城が目に飛び込んできた。城下町には、たくさんの天使たち、そしてへんてこな食べ物たちもたくさん歩いている。

彼らは、少女のそばにやってきて一様に「おめでとう」と握手を求めてきた。

お城の中に入って、王の部屋の前まで来ると、天使がすこし寂しそうに言った。

「ここでお別れだ」

「え、どうして？」

「僕の役目が終わったからさ。ここからは、お嬢ちゃんひとりで歩いていくんだ」

「寂しいわ」

「僕も寂しいよ」天使はもう一度、少女を抱きしめた。「でも、これからは、お父さんとお母さんがずっと一緒にいてくれるよ。ずっと、ずっと、永遠に」

少女は涙を流して、ひととおり感謝の言葉をかけると、天使から離れた。そして、王の部屋への扉を開けて、中に入った。

扉が閉まる寸前に見えた、天使の泣き笑いを、少女は心から愛《いと》おしく思った。

王の部屋の玉座には、いつぞや会った老人が腰かけていた。神様である。神様の王様。

玉座のそばには、木製のダイニングチェアが三つ置いてある。そのダイニングチェアは、少女の家にあるのと同じものだった。少女と両親が、ご飯を食べるときに使っていた椅子。使い古された、だけど愛着があって買い替えることができなかった、数々の思い出が刻まれた椅子。

荘厳な玉座と、家庭にある一般的なダイニングチェアが並んでいる光景は、どこかちぐはぐで、どこか暗示的だった。

「あ」

三つのダイニングチェアのうちふたつには、人が座っている。少女の両親だった。

彼らは少女を見つけると勢いよく立ち上がって、走り寄ってきた。

少女と両親は抱き合って、声をあげて泣いた。

「これからは、ずっと一緒だね、お父さん、お母さん」

「……いや、まだダメだ」

お父さんは、涙を袖《そで》で拭《ぬぐ》いながら言った。

少女は、その言葉の意味が分からなかった。

「あなたは、まだ生きなくてはいけないわ」

お母さんも、涙を流しながら、震える声でそう言った。

「あ……」

少女は、だんだんと意識が遠のいていくのを感じた。疲れ切った後にふかふかのベッドに寝転がったような、とても心地よい感覚だった。

「ダメよ！」

「ダメだ！」

両親の鋭い声で、少女ははっとなった。心地よいまどろみは、石を投げられた猫みたいに走り去ってしまった。

少女は理解した。いま自分はまさに、天国へ足を踏み入れようとしていることに。

「わたしは……」

少女は混乱した。理解が現状に追いついたけど、現状が理解を押し戻そうとする。

「走って！」

「走れ！」

両親は、少女が入ってきた扉を指さして叫んだ。

それは、両親の心からの願いだった。

少女は弾《はじ》かれたように踵《きびす》を返し、扉に向かって走った。

しかし扉の前に待機していたふたりの兵隊が、槍《やり》を構えて立ちふさがったので、少女は足を止めざるを得なかった。

「道を開けよ！」

背後から、重厚な声が飛んできた。玉座に座る、神様の声だった。

すると、兵隊は槍の切っ先を真上に向けて、道を開けた。

「人の子よ」と神様は言った。「選ぶのは、おぬしだ。両親とともに門をくぐって永遠に平穏に暮らすか、元の世界に戻って孤独に暮らすか。どちらを選ぼうとも、おぬしの自由だ」

「わたしは……」

少女の決心は、天秤《てんびん》のどちらにも置けずにいた。

両親は、もうなにも言わなかった。ただ真剣な眼差《まなざ》しで、少女をじっと見つめていた。

「わたしには……」

少女は、両親に向かって一歩踏み出した。

「お父さんとお母さんしか、いないもの……」

さらにもう一歩、両親の方へ踏み出した。彼らの背後には、三つのダイニングチェアがある。そこに三人そろって座って、温かいご飯を食べながら楽しくお喋《しゃべ》りしたい。少女は心からそう思った。

もうわたしは、好き嫌いしないよ。お父さんとお母さんを困らせないよ。だから、また一緒に暮らそうよ。

もう離れ離れはこりごりだよ。悲しいよ。だって。

「わたしには、お父さんとお母さんしか……」

──今日から僕らは友達だ。

唐突に、天使の声が頭に響いた。

「……いいえ、違う。わたしには、大切な友達がいる」

少女は首をゆっくり横に振ってから、顔をあげた。彼女の目には、凛々《りり》しい光が宿っていた。

両親は表情を和らげた。そう、あなたには友達がいる。これからも、大切な人は増えていく。彼らの表情は、そう語っていた。

三つあったダイニングチェアは、ふたつに減っていた。

「さようなら。お父さん、お母さん」

少女は決意のこもった声で言った。そして扉に向き直って、全力で走った。

扉を開けると、寂しそうにトボトボ歩いていく天使の後ろ姿が見えた。

「天使さん！」

「……ええ⁉」

天使は驚愕《きょうがく》の表情を浮かべて、胸に飛び込んでくる少女を受け止めた。

「いったい、どうして？　君は、お父さんとお母さんと一緒に行かなくちゃダメじゃないか！」

「わたし、もう大丈夫だもん。ひとりじゃないって分かったから。大切なひとは、自分でつくっていくんだってわかったから」

「まったく……。せっかくがんばって好き嫌いをなくしたのに……」

天使は呆《あき》れたような、あるいはホッとしたような、だけど確実に幸せそうなため息をついた。

「天使さん」少女は天使を見上げて言った。「わたしを、元の世界に帰してちょうだい」

「分かった。井戸に向かおう」

ふたりは来た道を引き返して、森の奥の井戸まで来た。

「扉は開けておいた」天使は言った。「ここに入れば、君は元の世界に戻れる」

「ねえ」少女は言った。「わたしたち、ずっと友達よね？」

「もちろん、友達だ」

「それを聞いて安心したわ」

少女はにっこり笑って、井戸に飛びこんだ――。


皐月は、キーボードを叩《たた》く手を止めた。

「もう、これで完結でいいか」

終わらすことを目的として、今日は執筆を始めたのだ。中途半端でもいい。

「これでいい。これでいいんだ」

腑《ふ》に落ちない感情を無理やり飲みこんで、皐月はパソコンの電源を切った。

けっきょく皐月は、その最終章をミチルに聞かせられないまま、日々は過ぎていった。

バイトを終えた皐月はへとへとだった。

彼は池袋《いけぶくろ》のJR改札をとおるためSuicaをかざすが、通勤定期の期限がちょうど昨日で切れていて、また残高も不足しており、とおれなかった。彼は一度引き返して、切符売り場で電子マネーをチャージした。

「本格的に金やばいな……」

皐月は財布の中を見て呟《つぶや》いた。

お金を下ろしておいたほうがいいだろうと判断した皐月は、高円寺《こうえんじ》駅に到着すると、みずほ銀行に向かった。ATMにカードを入れて、恐る恐る残高を照会する。

きっと、もう十万円もないだろう。皐月はそう予想した。そして、ハロルドに頼んで来月の家賃をちょっと待ってもらう算段を立てた。

「あれ……？」

皐月は表示された残高を見て、肩透かしを食らった。

なぜならば、想像していたより残高に余裕があったからである。

「おかしいな……」

通帳に記帳すれば、金の流れを確認できるが、折悪しく紛失してしまっている。つい最近まではちゃんとあったのに、気が付いたら消えていた。新しいのを作ってもいいけど、平日の午後三時までに銀行窓口に顔を出すのは、いまの多忙な皐月には不可能だった。

皐月は五万円おろして、ATMコーナーを後にした。

●

「今日はありがとうございました。とても楽しかったです。天気も良くて、最高でした」

舞浜《まいはま》駅の南口に向かって歩きながら、薫は言った。彼女は、疲れて眠ってしまっている悠人を背中におぶっている。

「いえ、こちらこそ」と皐月は言った。「久々のディズニーで、ミチルだけじゃなくて自分も年甲斐《としがい》もなくはしゃいじゃいました」

「皐月くん、すごい声出してたよね」とミチルは笑った。「ド～ッて落ちるやつとか、暗いところをゴーッて行くやつとか」

ファストパスを駆使して、スプラッシュ・マウンテン、ビッグサンダー・マウンテン、スペース・マウンテンの三大絶叫アトラクションを抜かりなく体験した皐月たち。初ディズニーであるミチルと悠人は、まず絶叫系に興味を示した。まだ五歳の彼女らには無理だろうと、皐月と薫は心配したが、身長制限の問題はクリアしており、どうしてもというので四人で乗った。いちばん怖がったのは皐月だった。薫と悠人とミチルは、楽しい悲鳴をあげて、乗り終わったあとは清々《すがすが》しい笑顔を見せていた。

「次はディズニーシーにも行ってみたいなー。また悠人くんたちと一緒に行こうね、皐月くん」

皐月と薫は同意した。

時刻は午後十時を過ぎている。閉園ぎりぎりまでいたのだ。

舞浜駅の改札をとおって、電車に乗りこんだ。車内は、ディズニー帰りの人々でごった返している。金髪でちゃらちゃらした格好の青年が席を立ち「あ、どうぞ」と、薫に言った。背中に悠人を背負っているのに気付いたのだろう。薫はお礼を言い、空いた席に悠人を座らせた。

東京駅で降りて、中央線に乗り換える。しかし乗り場に向かって歩いている途中、ミチルが突然「あー!」と大声をあげて立ち止まった。

「びっくりしたあ……。どうしたのミチル?」

「お財布がない!」

ミチルは、ピンクのポシェットの中を必死で漁《あさ》りながら、泣きそうな表情で言った。というか半分泣いていた。

「どっかで落としたのかな……」皐月は言った。

「皐月くんに買ってもらったのに……。ごめやす……」

その財布は、皐月がバイト帰りにふらりと寄った雑貨屋で買ったものだ。安物ではあったけど、プレゼントすると、こっちが申し訳ない気持ちになってしまうくらいミチルは喜んでくれた。「ずっと大切にする！」と言っていた。

「左右木《さうき》さん」皐月は薫に言った。「おそらく園内で落としたんだと思うんです。自分たちはちょっと戻って、キャストさんに聞いてきます」

電話するという手もあったけど、一秒でも早くミチルに笑顔を取り戻してほしかった。

「大丈夫ですか？　一度戻ったら、終電が危うくなってしまうと思いますが」

「いえ、大丈夫です。近くに避難所があるので」

「避難所？」薫は首を傾げた。「ともかく、了解しました。ほんとうは、私も一緒についていきたいのですが……」

「ええ、分かっています。早くお家《うち》に帰って、悠人くんをベッドで休ませてあげてください」

「すみません」

皐月とミチルは来た道を引き返して、再び舞浜駅へとやってきた。

まだたくさんの人が歩いている道を、流れに逆らって進んでいく。

落とし物の確認をするため、皐月とミチルはイーストゲート・レセプションに向かった。

しかし、どうやら閉園三十分後までしか開いていないようで、窓口は閉まっていた。

ふたりが諦《あきら》めて引き返そうとしたとき、仕事を終えた私服姿のキャストが声をかけてくれた。皐月たちが事情を説明すると、親切なキャストは機転を利かせてくれて、ほどなくして財布は手元に戻ってきた。財布の中身も無事だった。もともとお金はほとんど入っていないに等しかったけど、それでもホッとする思いだった。

皐月とミチルは丁寧にお礼を言ってから、舞浜駅に引き返した。

「これは、間に合わないかもな」

営業時間外だったこともあって、キャストが落とし物の確認をして財布が手元に戻ってくるのには、それなりの時間がかかった。

けっきょく、終電を逃してしまった。時刻は零時になろうとしている。五歳児は本来ぐっすり寝ていなくてはならない時間だ。

皐月は、タクシーもホテルも使うつもりはなかった。彼には避難所がある。

「もしもし」

皐月は電話をかけた。

「こんな時間になんの用？」

電話の向こうからは、卯月の不機嫌そうな声が飛んでくる。

皐月は終電を逃したことを伝え、今夜泊めてほしいと頼んだ。卯月は初め嫌がっていたが、ミチルが一緒であることを伝えると態度を急変させ、すぐ迎えに行くと言った。

二十分もせず、卯月のパッソが現れた。

「あたしが酒飲んでなくてよかったな、皐月」

「そのときは、不本意だけどタクシーを使ったさ」

卯月のアパートは、葛西《かさい》臨海公園の近くにある。タクシーの料金も、さほど高額にはならない。

卯月の住処《すみか》に到着した。四階建てのアパートで、部屋は八畳の1K。建物自体が新しく小奇麗で、皐月の部屋と比べたら天国だ。しかし、所狭しと並べられたぬいぐるみや、散乱した本やゲームソフト、脱ぎっぱなしの服や下着――それらが、部屋の品格を傷つけに傷つけていた。

卯月がミチルを風呂《ふろ》に入れてくれているあいだ、皐月はスマホを眺めていた。ゲームをしているわけではない。オンラインストレージに保存してある修正中の小説を読み返しているのだ。まずいと思った箇所には、メモを残しておく。

それから、ミチルのために作った物語も読み返した。これはすでに完結しているけど、依然としてミチルに聞かせられないでいる。いち早く聞かせて、ミチルに現実を知ってもらわなくては。葉月とルリがもうこの世にいないことを、分かってもらわなくては。

「あがったよー」

ミチルと卯月が部屋に入ってきたので、入れ替わりに皐月が風呂に入った。湯船に浸かっているときも、彼はミチルにどうやって物語を聞かせるか、そればかりを考えていた。

風呂からあがって、ミチルと卯月のいる部屋に戻ったとき、皐月は異変を感じ取った。

「ど、どうしたんだ……？」

皐月は恐る恐る尋ねた。

ミチルは真っ青な顔をして呆然《ぼうぜん》と立ち尽くしている。卯月はしゃがみこんで、ミチルと視線を合わせ、なにやら熱心に言い聞かせている。

「お、おい、卯月、どうしたんだ？」

もう一度尋ねると、卯月は観念したようにうな垂れて、そして皐月を見て言った。

「皐月、ごめん……。あたしの不注意だ」

皐月は初め、卯月がなにを言っているのか分からなかった。

卯月は視線を逸《そ》らして、ある一点に突き刺した。

皐月は彼女の視線を追った。視線の先には、スカイブルーのチェストがある。いちばん下の段が開いていて、その下の床には、たくさんの紙が落ちている。

皐月は、そのうちの一枚を拾い上げて、愕然《がくぜん》とした。

それは、ミチルが日々がんばって書き続けた、神様への手紙だった。

皐月は、ミチルが書いた神様への手紙を、卯月の住所に送っていた。そして卯月はそれを保管してくれていた。

「トイレに行った隙に……」

卯月は力なく言った。

「そうか」

意外にも、皐月は冷静だった。むしろチャンスだと思った。これはきっと、神様の采配《さいはい》なんだ。いまこそ使命を果たせ、神はそう言っているに違いない。

「ミチル」皐月はしゃがみこんで、ミチルと目線を合わせた。「よく聞くんだ」

ミチルは答えない。

しかし皐月は構わず言った。

「神様なんていない」

神の啓示を感じ取った直後に言うセリフではなかったけど、言っていることは真実だ。

ミチルがいままで信じてきた神様は、いないのだ。

「神様は、いるよ……」ミチルは震える声で言った。「そうだよね、天使さん?」

「天使もいない」

「いるよ……神様も、天使さんも……」

「ミチル、お話の続きを聞かせるよ」

皐月は朗読を始めた。早口になってしまうのを必死で抑え、きちんと意味が分かるように語った。

ミチルはしばらく黙っていたけど、少女の両親が物語序盤ですでに他界していたことを悟ると、取り乱し始めた。

それでも皐月は、声を張り上げて朗読をつづけた。ミチルが手で耳をふさいでも、その手を掴《つか》んで外して力ずくで聞かせた。

「皐月！　やめてあげて！　ミチルちゃんが怖がってる！」

卯月が割って入ってきた。

「卯月！　お前だって、いままでさんざん俺に言ってきたじゃないか！　ミチルに真相を教えるべきだって！」

皐月の気迫に圧《お》されて、卯月は黙りこんだ。

「少女は言いました！『さようなら。お父さん、お母さん』――」

「いやー！」ミチルは叫んだ。「葉月くんとお母さんに会いたい！　会わせて！　お願い会わせて！」

「ミチル！　葉月くんとお母さんはもういない！　ミチルだってほんとうは分かっている

はずだ！」

「葉月くん！　お母さん！」

ミチルは大粒の涙を流しながら、そう繰り返した。

「でも大丈夫だ！　ミチル、君には俺がいる！　俺がこれからもずっと一緒にいる！」

「葉月くん！　お母さん！」

「ウヅキチお姉ちゃんだって、悠人くんだって、友達だって、先生だって、ハロルドおじいちゃんだって、薫お姉さんだって、みんないる！」

「葉月くん！　お母さん！」

「いい加減にするんだ！　葉月くんとお母さんは死んだんだ！」

「葉月くん！　お母さん！」

「ミチルッ！」

皐月は右手を振り上げた。生まれて初めての激情に駆られて、その手はミチルの頬に向かって振り下ろされようとしていた。瞬間的に理性が世界から消えて、どんな愚行すら許される気がした。

だけど右手は宙で止まったままだった。

卯月が、皐月の右手を掴んでいた。

「いい加減にするのはあんたでしょ！」

瞬間、皐月は頬に鋭い痛みを感じた。卯月がもう片方の手で、皐月を殴ったのだ。

痛みは、理性を伴って皐月の世界にやってきた。

「お、俺は……」

俺は、ミチルを殴ろうとした……？

五歳の子どもを、傷つけようとした……？

「そんな……俺は、そんなつもりじゃ……」

ミチルにうなずいてもらいたかった。「皐月くんがいれば大丈夫」と言ってもらいたかった。

ただそれだけだったのに……。

暴力なんて、いままで一度たりとも行使したことはなかった。自分は暴力とは無縁だと思っていた。

皐月は理解した。

きっと、ミチルを初めてぶったとき、葉月もこんな気持ちだったのだと。もしかしたらそこに、アルコールの勢いも加わってしまったのかもしれない。

皐月はいままで、葉月の暴力の可能性を否定してきた。だけど、皐月は身をもって、ぜったいないとは言い切れないと証明してしまった。

どんなにやさしい人間だって、暴力の可能性を秘めている。たとえシラフであっても。

皐月の怒鳴り声が消えた部屋には、ミチルの悲痛な叫びだけが残っていた。

「ミチルちゃんはさ、探し物をしてくれていたんだよ。あたしが言ったんだ。お気に入りの化粧ポーチを最近なくしちゃったって。だからミチルちゃんは、あたしが部屋を出た隙に、探してくれたんだ。驚かせたかったんだろうね。いきなりポーチを差し出してさ」

電話の向こうから聞こえてくる卯月の声は、とても慎重だった。近くにいるミチルに聞こえないようにしているのかもしれない。

「そっか。ミチルらしいな」

皐月は力なく笑って、アイフォンを持っていないほうの手でハイネケンの缶を掴んだ。しかし空だったので、冷蔵庫から新しいのを持ってきた。

「それで」と皐月は言った。「ミチルは、どうなるんだ？」

「しばらく、お母さんが預かることになったよ」

「そうか……。仕方ないよな」

ミチルは、皐月に会いたくないと言っている。だから『コーポ・ステファニー』に連れ戻すわけにはいかない。卯月だって仕事があるから、家にずっといるわけにはいかない。

電話を切って、皐月は布団に寝転がった。

なんだか、昨夜のこととは思えない。あれからまだ十時間しか経っていない。にもかかわらず、皐月の世界は一変してしまった。

一睡もしていない皐月の下瞼《まぶた》には、くっきりとクマが刻まれている。アルコールで頭もがんがんするけど、もうちょっと飲みたかった。

「——神様は言いました。『お父さんとお母さんと一緒に、ずっと平和に暮らすか。それとも、元の世界でひとりぼっちで暮らすか』」

皐月は、抑揚のない声で呟《つぶや》く。

「——少女は迷いました。だけどよく考えて、お父さんとお母さんと一緒に行こうと決めました。そこでとつぜん、王の部屋の扉がばたんと開きました。天使さんが開けたのです。天使さんは言いました。『やっぱりダメだ！ お嬢ちゃん、君はまだ生きないといけない！ 僕が一緒にいてあげるから、戻っておいで！ 僕がお父さんとお母さんの代わりになるから！』」

皐月はハイネケンを一気に半分ほど胃に流しこんでから、しばらく沈黙した。然《しか》るべき時間を経ると、沈黙の中から物語の続きが自然と顔を出してきた。

「しかし少女は首を横に振って言いました。『それはできないわ。わたしは、お父さんとお母さんと一緒に行く。だってあなたは——』」

——ほんとうの家族じゃないもの。

翌朝。月曜日。

皐月はいつもどおりの時間に起床した。梅雨がもたらす、じめじめした生暖かい朝だ。

窓を開けてみると、霧雨で街の輪郭が曖昧《あいまい》になっていた。窓枠の角に張られている蜘蛛《くも》の巣は、雨粒に濡《ぬ》れてキラキラ輝いて、その美しい幾何学模様を際立たせている。

食パンに、ひとロサイズに切ったソーセージと粒マスタードを載せて、トースターで焼く。ホットドッグ風トーストの完成だ。コーヒーも入れて、座卓に並べる。

いつもどおりの朝だ。ただ、「いただきます」の声は、いつもよりひとつ少ない。

次の日も、その次の日も、皐月は朝食を作って食べ、そしてバイトへ向かった。

朝食は、一日を豊かにしてくれる。だから皐月はきちんと作って食べる。いつもどおりに。

でも、どうしてだろう。

どうして、ぜんぜんおいしく感じないのだろう。

「――結城さん。聞いてます？」

皐月はハッとなって、テーブルの向かいに座る海谷を見た。

「大丈夫ですか？　やはり、体調は良くないみたいですね」

「いえ、大丈夫です……すみません」

「ともかく、もう完成は間近ですね。あとは――」

海谷は、小説の細かい問題点を指摘した。

「もしかしたら、冬前に出版できるかもしれませんね」

「はい。がんばります」

すでに梅雨は明けて、蟬が鳴くようになっていた。

ミチルがいなくなってから、皐月は、とり憑《つ》かれたように小説を書いた。平日も、帰ったらろくにご飯も食べず、ひたすらダイナブックと向き合った。しかし、必ず朝食は食べた。これだけは決して外してはならないと、不思議とそう思った。

なんにせよ、あまりにも皮肉だ。ミチルがいなくなったことで小説に割ける時間が増え、そのおかげでうまくいっているなんて。

「ですが」海谷は腕を組んだ。「それでもやっぱり、出版日は遅らせたほうがいいかもしれませんね」

「どうしてですか？」

「いまの結城さんの文章には、力がありません。きっと体調の問題が、文章にも滲《にじ》み出ているんです。出版日を遅らせてでも、体調を整えて、全力の文章を書けるようにしたほうがいいかもしれません」

前言撤回。小説に割ける時間は増えたけど、けっきょくうまくいってはいない。

「そういえば、結城さん。もうひとつの物語は、どうなりましたか？」

「ああ、えっと、一応完結させました」

海谷が結末を知りたがったので、皐月は簡単に説明した。

「なるほど。ハッピーエンドといえばハッピーエンドですが、どうもパンチが弱いですね。余韻、というべきでしょうか。それが欠けています」

海谷の指摘は一〇〇パーセントそのとおりだった。

皐月は曖昧な笑みを浮かべて、「ですよね」と言った。

喫茶店を出ると、むわっとした熱気が恋人みたいに抱き着いてくる。

海谷はべつの作家に会うため、皐月とは逆へ歩いて行った。

皐月は駅に向かって歩きながら、ミチルに暴力をふるいそうになったあの日を思い出す。そして自分は二度とミチルに会うべきではないとの決意を改めて固める。

「もう、一ヶ月か……」

ミチルを失ってから、一ヶ月が経過していた。

皐月は、自然と流れた涙をぬぐって、ロールパンと、それからソーセージ、ベーコン、目玉焼き、焼きトマト、マッシュルーム炒《いた》めが一皿にまとまったボリューミィな朝食、いわゆるアイリッシュ・ブレックファーストを完食した。紅茶も飲み干した。

席を立つと、カウンターの奥からハロルドがやってきて、食器を下げた。

「お会計をお願いします」

「いえ、けっこうですよ」

ハロルドは食器をシンクに並べながら言った。

「でも、ここ最近ずっとおごってもらってばっかりですし……」

「オーライオーライ。むしろボクがミスター皐月に無理やり食べさせている感じですしネ」

「でも、どうして、毎週のように朝ごはんをごちそうしてくれるんですか？」

「鏡を見てごらんなさい」とハロルドは言った。「誰だって、ごはんを食べさせたくなります」

皐月は、日に日に体重が減っていた。頬はこけ、目元には慢性的なクマが刻まれている。ひげの処理も甘くなった。一気に老けこんでいた。

「それに、ボクが風邪をひいたとき、ミスター皐月は毎日おかゆを持ってきてくれたじゃないですか。そのお礼でもあります」

『カフェ・ステファニー』を出た皐月は、二階の自室に戻ろうとして、やめた。階段の一段目を踏んだ瞬間、「あ、今日は小説進まないな」と悟ったからだ。執筆をしないなら、部屋にいる意味もない。

皐月は意味もなく高円寺をぶらぶらした。そして昼時になると、無意識に電車に乗っていた。行先は、千葉県船橋《ふなばし》市の、葉月とルリとミチルが住んでいたマンションだった。いや、正確には、マンションの周辺だった。皐月はアイフォン片手にマンションの周辺をぶらついて、うどん屋、あるいはうどんが食べられそうなところを探した。見つけると、中に入って聞いてみた。

「アサリが入ったうどん、ガマゴリうどんはありますか？」

すべての店が「ない」と答えた。

けっきょく皐月は、駅近くのマクドナルドで昼食を食べた。チーズバーガーをかじりながら、アイフォンでグーグル検索をする。「ごめやす　方言」

「愛知か……」

画面を眺めながら、皐月は呟いた。

ミチルが、謝るときよく使っていた「ごめやす」。

そして、いつの日かミチルが風呂《ふろ》で言い放った衝撃発言「ちんちん」。これも、愛知の方言らしかった。

また、ミチルは、よく家の近くのうどん屋に連れて行ってもらい、そこでガマゴリうどんを食べたと言っていた。ガマゴリうどんは愛知のご当地グルメだ。

ミチルは、愛知県にいたことがあるのかもしれない。

しかし、ミチルが葉月とルリと一緒に住んでいたのは、ここ船橋市のマンションだ。それは間違いない。

わけが分からない。

わけが分からないからこそ、皐月は気になって仕方なかった。

あるいは、なにかを気にしていないと心がもたないのかもしれない。

皐月はマックを出ると、珍しく自分から切子に電話をかけた。留守番電話サービスに切り替わってしまったので、また後で電話しようとアイフォンをポケットに戻したとき、電話がかかってきた。

「なに？」

切子はめんどうそうな口調で尋ねてくる。いつもどおりなので別に気にはならない。

「ミチルは元気？」

電話をかけたのは、もっと別の目的のためだったけど、やはり尋ねずにはいられなかった。

「問題ないわ」

「よかった」

「ただ、どうも感情に乏しくて、なにを考えてるのか分からない子ね。そういうところは、かわいくないわ」

感情に乏しいとは、あまりに現実と乖離《かいり》した見解だ。ミチルの喜怒哀楽を切りとって並べて博覧会を開いてやれば、きっとその輝きに切子は目がつぶれてしまう。

「好き嫌いとか、してない？」

「ぜんぜんしないわ。そういう面では、よくできた子よ。さすがは葉月の娘、といったところかしら。葉月がちゃんと、好き嫌いをなくす訓練をさせていたんでしょうね」

「そっか。さすがは兄さんだ」

皐月は言ってから、複雑な気持ちになった。

「ただ、最近ちょっと風邪気味みたいで」と切子はため息をついた。「食欲がぜんぜんないみたい。おかゆを作っても、ほとんど食べてくれない状況ね」

「……ねぇ、知ってたかな？」皐月は陰気にほほ笑んだ。「おかゆってね、炊いたご飯から作ると、正確にはおかゆじゃないんだよ」

「ん？」

「おかゆは本来、炊く前の生米から作るんだ。炊いたご飯から作るのは、雑炊とかおじやなんだよ。きっと母さんは、おかゆじゃなくて、雑炊やおじやと呼ばれるものを作ってるんじゃないかな」

「そう」切子は興味なさそうに言った。「いちいち区別されているとは、知らなかったわ」

「ミチルは、生米から作ったおかゆなら、ちゃんと食べられるよ」

「そう」

「そんで、ウィンナーとハンバーグとカレーは無条件で好きだから、調子が戻ったら食べさせてあげて。野菜は基本的に得意じゃないけどどうしてかアスパラは好きで、やっぱりどうしても食べられないのはゴーヤだから、食べなくても怒らないであげて。デザートは林檎《りんご》のゼリーがいいと思う。ちょっと前からハマってるんだ。市販のやつも手作りのやつもおいしく食べてくれるから、ぜひとも……」

「分かった分かった」

「あとさ、ミチルが気に入ってるピカチュウのぬいぐるみが、家にあるんだ。等身大のかわいいやつ。誕生日にあげたんだよ。それをそっちに送るから、ミチルに渡してあげてほしい」

「新しいのを買い与えるから結構よ」

「そっか。ねぇ、もしさ、ピカチュウじゃないのがいいって言ったら、プーさんとかドナルドとかのディズニー系が外れないよ。妖怪《ようかい》ウォッチはNG。なんか知らないけど目の敵にしてるんだ。お風呂には水鉄砲を置いてあげて。三つね、必ず三つ以上。ミチルは二丁拳銃《けんじゅう》での波状攻撃を得意としているから、撃ち合いをするなら鉄砲は三つ以上必要なんだ。『ホンフホ』は『ほんと不本意』の略語ね。わりとよく使うけど、矯正しないであげて。寝起きはよくないけど、脇をくすぐれば飛び起きてくすぐり返してくるから、これおススメね。けっこう喧嘩《けんか》っ早いけど、ミチルが自分から吹っかけることはないから、保育園でなにかトラブルがあったらまず話を聞いてあげて。叱るのはその後ね。ポケモンGOダウンロードしてる？　してるわけないか。してあげて。すっげぇコントロール悪いからボールの減りが尋常じゃないけど、そこはどうか大目に見てあげて。お酒はぜったいだめだ。飲んでるところ見たら、すごい勢いで怒るから気をつけて……」

「皐月」切子は有無を言わさぬ口調で、皐月の言葉を遮った。「もういい」

そこで皐月は、自分が泣いていることに気づいた。道行く人が怪訝《けげん》そうな視線を投げかけてきて、直後に興味を失って目を逸《そ》らす。

「ミチルのことは、もう私に任せなさい。ミチルとあんたはもう、他人なのよ」

「それで、そんなことを伝えるために電話してきたの？」

皐月は深呼吸をして、所期の目的の遂行に移る。クールになるんだ。悲しいときこそ、悔しいときこそ、クールに……。

「ミチルの母親、ルリさんの遺品って、確認できる？」

身寄りのないルリの遺品の管理は、結城家が行っていた。

「資産価値のないものしかなかったから、ほとんどは処分したわ。ま、そもそも遺品なんて呼べるものは、ないに等しかったけど。物欲に乏しい人だったのね、きっと」

「住民票、なかった？　兄さんのマンションに移り住む前の、昔の住民票」

「書類は一応残してあるけど、記憶にはないわね」

「住民票じゃなくてもいいんだ。ともかく、ルリさんが昔住んでいた場所について分かるものなら、なんでもいいんだけど」

「そんなものがどうして必要なの？」

切子は疑わしい声で言った。とうぜんだ。皐月の行動は、いかにも怪しい。

「いまはまだ説明できる状況じゃないんだ。でも、もし俺の考えが正しければ、いずれちゃんと話すよ」

切子は「ふぅん」と興味なさそうに言った。そして「そういえば、書きかけの履歴書なら、見た気がするわね」

「履歴書？」

「そう。ルリさんの顔写真が貼ってあって、それから名前やら住所も書かれていた気がするわ。住所は、葉月のマンションとは違う場所だったと思う」

「それ、もう一度探してもらえるかな？」

切子はめんどうそうにため息をついた後、「気が向いたらね」と言った。

「ありがとう」

皐月は電話を切った。そして来た道を引き返し、『コーポ・ステファニー』に帰った。部屋の鍵穴《かぎあな》に鍵を差しこんだタイミングでアイフォンに着信があった。切子だった。

「私だって暇じゃないんだから、こういうことはもう勘弁しなさい」

切子は、三年前までは会社に勤めていたけど（課長の立場だった）、いまは在宅のウェブデザイナーをしている。コネのある会社がおいしい案件をたくさん振ってくれるらしく、たった二日で皐月の手取りを稼いでしまうこともあるようだ。

「やっぱり、住民票の類《たぐい》はなかったわ。もちろん、葉月と同棲《どうせい》していたときに作った書類は残ってるけど、あんたが必要なのは、それじゃないんでしょ？」

「うん。兄さんの家に移り住む前の情報がほしいんだ」

「じゃあ、やっぱり書きかけの履歴書くらいね。履歴書は、ちゃんと見つけたわ」

「ありがとう。そこに書いてある住所、教えてもらっていいかな？」

「ルリさんは、葉月と同棲を始める前は、愛知県にいたみたいね。住所は、蒲郡《がまごおり》市の——」

●

七月の下旬になると、本格的に暑くなってきた。アイスは恐ろしい速度で溶け、蟬の合唱は途切れることなく続き、女性の多くが日傘を装備し、熱中症で何人倒れたかがニュースで連日伝えられ、学生たちは夏休みに浮かれる。

土曜日、午前十時。

皐月は、愛知県の蒲郡市に来ていた。

蒲郡駅で降りてしばらく歩くと、海辺の道に出る。遠回りになるけど、気がつけば海辺の道を歩いていた。右手に三河《みかわ》湾を望みながら、アイフォンもいじらず、音楽も聞かず、ただ歩いた。もし観光なら、迷わず竹島《たけしま》へ通じる橋へ足を踏み入れていたし、『海辺の文学記念館』にも寄っていたけど、今日の目的は別にある。

潮の香りが鼻腔《びこう》をくすぐる。思いっきり吸いこんでやると、「けっこう遠くまで来たんだなあ」という実感が初めて湧いてきた。

申し分ない晴れ空で、太陽を遮るものはなにもない。海はその陽ざしを眩《まぶ》しく照らし返している。空を鳶《とび》やカモメが優雅に舞っているのが、やたら様になっている。

海辺の道を逸れて、住宅街へ入っていく。ポケットからアイフォンを取り出して、グーグルマップで地図を確認しながら、皐月は道を進んでいく。

「ここか」

皐月は、まだ建てられて間もないであろう、小奇麗な一軒家の前で足を止めた。生垣があって、その向こうには小さいながらも庭があるようだ。駐車スペースにはシルバーのプリウスが停めてある。

表札には「青羽《あおば》」と記されている。

皐月は玄関のチャイムを押した。ぴーんぽーん。十五秒ほどして、インターフォンから「どちら様ですか？」と男の声がした。

「いきなり押しかけて申し訳ありません」

「営業でしたら、お断りしています」

「いえ、そうではなく……」皐月は数瞬躊躇《ためら》ったのち、続けた。「ルリさんとミチルちゃんの件で、ちょっとお話がありまして」

「え」

インターフォン越しでも、相手の驚愕《きょうがく》が伝わってきた。

「……少々お待ちください」

インターフォンの通話が切れると、すぐに玄関が開いて、隙間から男性が顔を恐る恐る覗《のぞ》かせた。

その男性は小柄で、中性的な顔立ちをしている。童顔ゆえ、二十歳そこそこに見えるけど、じっさいは皐月より年上のはずだった。上下ともグレーのスウェット姿で、黒縁眼鏡をかけている。

「あ」

男性は皐月の顔を見ると、表情をこわばらせた。

「……あれ?」

いっぽう皐月も、なにか頭に引っかかるものを感じた。俺は以前、この人に会ったことがある……?

「入られますか?」と男性は言った。

「お言葉に甘えて」

皐月は家の中へと入った。

その男性は、青羽玲《れい》と名乗った。童顔ゆえに二十歳そこそこに見えるが、じっさいは皐月より年上らしかった。

テーブルをはさんで、ふたりは向き合っている。

青羽は目線を落とし、落ち着かなそうに膝《ひざ》の上で拳《こぶし》を握っている。

皐月はコーヒーをひと口飲んでから、切り出した。

「青羽さんは、ルリさんの元夫――で、間違いないでしょうか？」

「半分正解で、半分間違いです。たしかに私は、ルリと暮らしていました。しかし籍は入れていませんでした。事実婚とか、内縁の夫婦とか、そういう言葉が適当かもしれません」

「ミチルができた後も、事実婚の状態だったんですか？」

「そうです。ルリは恐れていたんです。身寄りがないゆえに――あ、ルリに身寄りがないって話は……」

「存じ上げています」

青羽は「そうですか」と言って、話を続けた。「ルリは、周囲に理解してもらえないのではないかと恐れていたんです。主に、私の両親が理解してくれないのではと」

「身寄りのない方に、妙な偏見を持つ人もいますもんね」

皐月は切子を思い浮かべながら言った。

「ええ」青羽は複雑そうな表情でうなずいた。「しかし、私の両親は、そこまで偏狭な人間ではありません。それを私はルリに説明しました。でもダメでした。ルリは泣きそうな顔で、ただただ謝るんです。そのうち私は、結婚について話さないようになりました。時が解決してくれるのを待つことにしたんです」

子どもができたにもかかわらず、頑《かたく》なに結婚を拒んだルリ。そんな彼女を見て、首をかしげる人もいるだろう。しかし彼女は人とは違った環境で生きてきたのだ。だから人とは違った価値観や倫理観を持っていたのかもしれない。皐月は、漠然とそんなことを想像した。

「それにしても」と青羽は言った。「どうして、私と彼女の関係に気づかれたんですか？」

「ルリさんの遺品の中から戸籍抄本や住民票は見つからなかったので、確信は持てませんでしたが、おそらく間違いないと思いました」

愛知県にいたころの戸籍抄本や住民票は見つからなかった。しかし書きかけの履歴書はあった。まだ葉月の家に移り住む前に書かれたと思われる履歴書だ。なんらかの理由でボツにして、しかし捨て忘れていたのだろう。そこに記された住所をグーグルアースで調べると、立派な一軒家であることが分かった。まだ若く、身寄りのないルリが、一軒家を所有できるとは思えなかった。そこはきっと、同居する誰かの家に間違いなかった。

それを皐月は説明した。

青羽は黙ってうなずいていた。「ルリ」というワードが出るたびに、彼は目元に哀愁を浮かべた。

「ここからは自分の想像になってしまうのですが」と前置きをして、皐月は話の趣旨を切り替えた。「青羽さんは、アルコール依存症——あるいはアルコール依存症だった。違いますか？」

「そのとおりです。仕事でのストレスを、アルコールで発散しているうちに、やがてアルコールがないことにストレスを感じるようになっていきました。そしてルリと、ミチルに、暴力をふるうようになりました」

やはり、そうだったのか。ミチルが酒を極端に嫌うのは、そのトラウマのせいだったわけだ。

そして、葉月が禁酒をしていた理由も、これではっきりした。彼は、皐月と同じ理由で酒を飲まなくなったのだ。つまり、ミチルに「飲まないで」と言われたからだ。青羽が酒で豹変《ひょうへん》するのをいやというほど見てきたミチルは、葉月にはそんな風になってほしくなかったのだ。

兄さんは、暴力なんてふるっていなかったんだ……。

ミチルは「お父さん」と「葉月くん」という言葉を使い分けていた。「お父さん」は青羽。「葉月くん」はそのまま葉月を指していたのだ。「葉月くん」の名前を出すとき、ミチルはいつだって笑みを浮かべていた。

皐月はこみ上げる涙をこらえて、泣き顔を誤魔化すために何度か咳払《せきばら》いをした。

それから皐月は、ミチルをしばらく預かっていたことを、青羽に教えた。青羽はミチルの実の父親なのだ。それを知る権利はある。

「ミチルは、さぞかし私のことを恨んでいるでしょう」青羽はうな垂れた。

「恨んでいるかは分かりませんが、怖がってはいます」皐月はしょうじきに答えた。「ちなみにですけど、青羽さんは、ルリさんの葬式に顔を出されましたか？」

「ええ。こっそりと。ミチルにも声をかけようとしましたが、逃げられてしまいました」

皐月は、ミチルと最初に会ったときを思い出す。ミチルは葬儀場の外にいた。そして「中には怖い人がいる」と言っていた。怖い人とは、青羽のことだったのだ。さっき玄関先で青羽と顔を合わせたときの皐月の既視感も、青羽の反応も、これで説明できる。ふたりは葬儀場で、すでに会っていたのだ。

「でも、悪いことばかりじゃないんですよ」と皐月は言った。

「え？」

「ミチルは、青羽さんとの思い出を、楽しそうに語るときもありました」

「ほ、ほんとうですか？」

「この近くに、うどん屋さんはありますか？」

「ええ、いくつか」

「ミチルは、青羽さんがよく、お店でガマゴリうどんを食べさせてくれたと言っていました。とても、幸せそうに」

青羽は一瞬泣きそうな表情になって、それから慌てて笑みでかき消した。

「ええ。ミチルは、あのうどんが大好きでした。いっつもそればかり注文して……」

青羽の強がりは、長く続かなかった。すぐに両目から涙があふれてきた。

「会ってみても、いいのではありませんか？」皐月は諭すように言った。「いまなら、またやりなおせるかもしれませんよ」

「まだだめです」青羽は袖《そで》で涙をぬぐって言った。「いまは、禁酒のセラピーを受けている段階です。完全に断てるまでは、ミチルに指一本触れられません」

「そうですか」

それからしばらく、皐月はミチルについての質問に答え続けた。ミチルの好き嫌いのこと、保育園でのこと、絶叫系アトラクションが得意なこと……。そして、皐月も彼女に手をあげそうになったこと。

「結城さんこそ、もう一度ミチルに会ってみるべきでは？　たった一度の過ちです。私とは違う。ミチルは、また笑顔で接してくれますよ」

「そうかもしれません。でも、怖いんです。ミチルの、私への恐怖心や恨みは、時間がかき消してくれたかもしれません。だけど、ミチルが以前と同じように接してくれるとは限りません。雨が上がっても晴れるとは限らないのと同じように。それが、すごく怖いんです」

「気持ちは分かります……」

しばらくふたりは、湿っぽい沈黙に身を沈めていた。

「青羽さん」やがて皐月は沈黙から顔を出し、青羽をまっすぐ見据えて言った。「ひとつ、お願いがあります」

「私にできることなら」

「ミチルとよく行っていたうどん屋さんに、連れて行ってもらってもいいでしょうか？」

青羽と別れたのは、午後二時を回ったあたりだった。

皐月は『コーポ・ステファニー』には帰らなかった。電車と新幹線を乗り継いで、群馬県の前橋《まえばし》を目指した。そこには、皐月の実家がある。

前橋駅に着いたのは、午後七時前。そして、スーパーに寄って買い物をしたこともあり、実家に到着したのは午後七時半過ぎだった。

古めかしい日本家屋。広すぎて持て余し気味の庭。しかし手入れの行き届いた常緑樹たち。水が抜かれて、ただの窪《くぼ》みとなった池。

三年ぶりに帰ってきた。

皐月はごくりと生唾《なまつば》を飲みこんで、チャイムに手を伸ばした。

「皐月」

背後から声をかけられた。驚きのあまり肩がビクンと跳ね、皐月はその反動を拾って華麗なターンを決めた。

「……母さん」

「皐月。いきなりなに？」

「いや……」

どうも説明に困る。

「ひとまず、母さんに報告することがある」

「……話をするのは、離れでもいいかしら？」

切子は、皐月をミチルと会わせたくないらしい。まあ、そりゃあそうか。

離れに向かって歩いている途中、切子が「知り合いと飲んできて、その帰りなのよ」と言った。酒臭いことを自覚して、先に説明しておいたのだろう。

離れは二階建てで、住居としても使える。しかし最近は物置として使われているようで、段ボールがそこらに散乱していた。

「それで？」

切子は立ったまま言った。椅子を用意する気も、明かりをつける気もないようだ。話はすぐに終わると思っているのだろう。

窓から差しこむ月光が、ふたりをぼんやりと照らし出す。

皐月は語り始めた。青羽の存在。ルリは彼と内縁の関係であったこと。ミチルはそのふたりの娘であること。ルリとミチルは、アルコール依存症だった青羽から暴力を受けていたこと。そしてルリと青羽は破局に至ったこと。そのあとに、葉月と出会って、交際がスタートしたこと——。

「ちょ、ちょっと待って皐月」切子は片手で額を押さえ、もう片方の手を前に突き出して言った。「じゃあ、なにか、ミチルは、葉月の実の娘ではないってこと……？」

「そういうことになる」

「そんな、嘘よね？　悪い冗談はやめてちょうだい」

「冗談言うために、わざわざここまで来ないよ」

「そんな……そんなことって……」

切子は壁に手をついて、うな垂れてしまった。酒の飲みすぎのせいではないだろう。

静寂が雪みたいにはらはらと舞い降りて、床にうっすらと積もり始めた。そのとき。

「ああ、もう！」切子の叫び声が、静寂を吹き飛ばす。「こんなバカな話あっていいわけがない！　葉月がどこの馬の骨とも知れない身元不明女にたぶらかされたってだけでも我慢ならないのに——そんでもって、葉月の形見だと思っていた娘は、実際には結城家の血が一滴も流れていなかったってこと⁉　なにそれ、バッカみたい！　これじゃあ、ミチルを育てる意味なんてないじゃない！」

アルコールのせいだ。切子がここまで露骨に悪態をつくなんてことは、いままで一度もなかった。切子は酔っている。理性を失っている。

分かっている。息子である皐月には、それが分かっている。

分かっているけど、限界だった。

「いい加減にしろよ！」

皐月の叫びには、部屋の空気を丸ごと震わせるほどの怒りがこめられていた。

「バカなのはあんただよ！　出生だとか経歴だとか血の繋《つな》がりだとか、そんなことでしか人を判断できないのか！　発言のひとつひとつが兄さんの尊厳を踏みにじってるって気づかないのか！」

皐月が切子に反抗したのは、これが生まれて初めてだった。

切子は言葉を失っていた。羊に嚙《か》みつかれた気分なのだ。決して嚙みついてこないと思っていた。そもそも牙《きば》があるとすら思っていなかった。切子にとって皐月は、そんな存在だったのだ。いま、この瞬間までは。

「どうして兄さんがずっとルリさんとミチルの存在を隠していたのか、いまはっきり分かったよ！　兄さんは怖かったんだ！　母さんに拒絶されるのが怖くて怖くて仕方なかったんだ！　理解してもらえないのが怖かったんだ！　母さんの偏屈さを兄さんはとうぜん分かっていた！　身寄りのないルリさんとその娘であるミチルと一緒になってるなんて知られたら、ぜったいに反対されるってこともちゃんと分かっていた！　俺や卯月にも話さなかったのは、俺たちが口を滑らすのを恐れたからだ！　はっきり言って異常だ！　弟や妹にも隠すなんて異常だよ！　だけどその異常を作り出したのは母さんだ！　あんたが兄さんの自由をはく奪していたせいだ！」

ルリは青羽と暮らしていたとき、頑《かたく》なに結婚を拒んでいた。理解してもらえないことに対する恐怖で、足がすくんでしまっていたから。その判断は、決して間違ってはいなかった。だって、切子のように無理解な人間がじっさいにいるのだから。人をステータスや経歴でしか判断できない人間がいるのだから。

葉月もルリも、恐れていたものは同じだった。ふたりとも「無理解」が怖かったのだ。

皐月はぜぇぜぇと息を切らしていた。彼は深呼吸しようとしたけど、失敗して盛大にむせてしまう。しかし酸素を欲する生存本能が、彼に冷静さを取り戻させてくれた。

「……今日は、帰るよ。ほんとうは、ミチルと会うつもりだったけど」

皐月は踵《きびす》を返して、離れを出た。そして飛び石を歩いて庭を横切る。

ふと、視線を感じた。

皐月は立ち止まると、ゆっくりと上を見た。

明かりがついた二階の窓から、ミチルが顔を出していた。

「！み、ミチ……」

「！」

ミチルは驚愕《きょうがく》の表情を浮かべて、顔をひっこめてしまった。

「……ル」

皐月は視線を前に戻して、肩を落として歩き出した。

駅についたとき、スーパーでの買い物をすべて離れに置いてきてしまったと気付いた。

皐月は構わず、高円寺へ帰るためのルートを調べ始めた。


翌朝、皐月は目覚めると、まず風呂《ふろ》に入った。昨夜は入る気になれず、そのまま寝てしまった。

風呂を済ませると、風呂上がりのビールを飲もうと冷蔵庫を開けた。最近は朝だろうが昼だろうが、休日は好き勝手に飲んでいる。

「……いや、やめておくか」

不思議と、いまは飲まないほうがいい気がした。虫の知らせというやつだ。いまは虫がうじゃうじゃ湧く季節だし。

皐月はぼんやりと情報番組を眺めた。星座占いでおうし座は一位だった。小説を書く気にはなれなかった。昨日の疲労の指先が、まだ足首に引っかかっている気がした。

こういうときは、寝っ転がって情報番組を眺めるに限る。なるべくゆるい雰囲気の番組がいい。

午前八時半。玄関がノックされた。三々七拍子ではないので、ハロルドではない。

居留守を決めこもうかと考えたが、きっとテレビの音声がドアの外まで聞こえているはずだ。どうしてこういうときに限って「世界一うるさい目覚まし時計がギネス認定！　その圧倒的音量を公開！」なんてニュースが流れているんだ。うるさすぎる。

皐月はテレビの音量をすこしずつ下げて、そもそも初めからそんな音は存在しなかったと相手に錯覚させる作戦に打って出ようとしたけど、リモコンが見つからなかった。さっきまではあったのに……。トイレに行っている隙に空き巣に入られ、リモコンだけを迅速に盗まれたとしか思えない。

皐月は観念して、チェーンをつけたままドアをあけた。もしかしたら、卯月かもしれないし。

「どちら様でしょ……う、か……え？」

ドアを開けると、隙間から透きとおった夏の朝の陽ざしが飛びこんできた。その光を背に受ける形で、訪問者は立っていた。逆光で顔が陰になっており、どことなくラスボス感がある。しかしラスボスにしては、あまりに小さく、かわいらしかった。

「ミチ、ル……？」

「皐月くん……」

夢じゃないかと思った。それほどまでに、待ちわびた瞬間だった。

目の前に、ミチルがいる。

しばらく皐月は、ドアを半開きにした状態で固まっていた。

「ミチルね……」ミチルは、ドアの隙間から皐月を見上げて言った。「皐月くんに、ごめんなさいしなくちゃいけないの」

「え？」

「ミチル、皐月くんにさようならの挨拶《あいさつ》をしないで、遠くに行っちゃった。ごめんなさい。勝手にいなくならないって、約束したのに……」

皐月は思い出した。ミチルが西友でかくれんぼをしたとき、皐月は彼女を叱った。そして言った。「ミチル、約束して。次からは、勝手にいなくならないって」と。

ミチルはその約束を、約束ともつかない約束を、律儀に覚えていたのだ。

「ごめやす」

ミチルはペコリと頭を下げて、もう一度謝った。

「そんな、ミチルはなにも謝ることないよ！」

皐月はそこで、思い出したようにドアのチェーンを外した。そしてドアを完全に開くと、しゃがみこんでミチルと視線を合わせた。

「悪いのは俺だ。ひどいことしてごめんね。嘘ついてごめんね」

皐月は、あふれ出しそうな涙をこらえて言った。

するとミチルは、静かな笑みを浮かべて、皐月の頭をやさしく撫《な》でた。

「皐月くん、ミチルが泣くといつもいいこいいこしてくれる。だから今日はミチルが皐月くんにいいこいいこするね」

「あはは、ありがとう」皐月は笑みで泣き顔をかき消した。「でも、俺は泣いてないよ」

「泣いてたよー」

皐月とミチルが笑い合っていると、

「皐月」

視界の外から、もうひとり、知った人物が現れた。

「母さん……」

切子だった。

考えてみればとうぜんだ。ミチルがひとりで、前橋から高円寺に来られるはずはない。

「ミチルが、どうしてもあんたと朝ごはんを食べたいって言って聞かなくてね」

切子はため息交じりに言った。

「朝ごはん……？」

「ええ。昨夜、泣いてお願いされたのよ。いつもは大人しくて、言いつけをちゃんと守るのに、今回ばかりはなにを言っても無駄だったわ。仕方なく、朗一で連れていく約束をしちゃったわけ」

「そうだったのか……」

「それから」と言って、切子は持っていた紙袋を掲げて見せた。「これも返さなくちゃいけないしね」

「これは……」

紙袋の中には、レジ袋が入っている。レジ袋には、たくさんの食材、そして生ものを腐らせないための配慮として保冷剤まで入っている。

「あんた昨夜、これを置いていったでしょ」

それは昨夜、皐月が実家の離れに置いて帰ってしまった、スーパーでの買い物だった。

「わざわざ持ってきてくれたのか」

「ついでだしね」切子は相変わらずそっけない調子で言った。「ひとまず、ミチルを置いていくわ。夕方ごろ迎えに来る。それまでは、自由に過ごしなさい」

切子は、皐月とミチルに背を向けると、さっさと立ち去ろうとする。

「いや、待って」

「なに？」

「母さんも、朝飯食っていかない？」

「え？」

「それとも、もうなにか食べちゃった？」

「いえ、とくには」

「じゃあ決まりだ。入って入って」

皐月が促すと、ミチルと、そして切子も、とくに抵抗なく部屋の中に入った。

「ちと時間かかるから、ふたりはテレビでも見てて」

そう伝えると、皐月はそそくさと台所に入った。

材料は問題ない。だって、切子が持ってきてくれたから。

昨夜ミチルにふるまおうと思っていた料理を、いま作るんだ。

「よし」

皐月は気合が入っていた。約二ヶ月ぶりに、ミチルに料理をふるまう。切子に限っては、料理をふるまうなんて初めてだ。ダブルで緊張する。

皐月はレジ袋から材料を取り出した。わかめ、長ねぎ、かまぼこ、薄口醤油《しょうゆ》、アサリ。

準備をしているとき、ミチルがちょっと離れたところに立って、ジッとこっちを見ているのに気づいた。

「ミチル、俺がなにを作ろうとしてるのか分かるかい？」

ミチルは材料を見渡してから、「貝さんのおうどん？」と言った。

「あたり」

まだ肝心の麺《めん》を取り出していないにもかかわらず、ミチルは正解を言い当てた。それくらい、ミチルにとって、これから作るうどんは馴染《なじ》み深いものなのだ。

昨日、皐月は青羽に頼んでうどん屋に連れて行ってもらった。ミチルとよく行ったという、青羽にとって思い出深いうどん屋だ。そこで皐月は、本物のガマゴリうどんを堪能《たんのう》した。なんて奥深い、やさしい味なんだろうと思った。青羽は「この店の味を真似ようと、よくミチルとふたりで研究していました。けっきょく真似はできませんでしたけど」と、懐かしそうに語っていた。

砂抜きをしたアサリを水から煮て出汁をとり、貝はいったん別の器に移しておく。続いて、アサリのだし汁に関西風の薄口醤油とみりんを加え、スープを作る。

「ミチル、スープ作るの上手なんだって？」

「うん！」

皐月は、ミチルに薄口醤油とみりんを手渡した。そして鍋《なべ》を床におろして、ミチルが中をちゃんと見られるようにした。

「お醤油は、怖がらないで、どぼーって入れるんだよー」

ミチルはまず、右手の醤油を鍋に大胆に流しこんだ。

「みりんは、しんちょーに」

続いて、左手のみりんを、鍋に丁寧にちょぼちょぼ注いでいく。

青羽曰《いわ》く、ミチルの目分量は天才的とのことなので、信用してよさそうだ。

さて、いよいよ麺の登場だ。今回は、愛知県産小麦「きぬあかり」を一〇〇パーセント使用したものを使用する。この麺は昨日、蒲郡を出る前に購入しておいたのだ。

トッピングはわかめ、刻みねぎ、かまぼこ。そして、分けておいたアサリだ。アサリは殻ごと載っける。

「ミチル、これをテーブルに持って行ってもらっていいかな？」

皐月は、うどんの入ったどんぶりを差し出した。

「はーい」

ミチルはどんぶりを受け取って、慎重な足取りで座卓に運んだ。

「朝からうどんって、なかなか珍しいわね」と切子は言った。

「いや、けっこう朝に食べる人も多いんだよ」と皐月は言った。「シンプルなものなら作るのに時間かからないし、食欲のない朝でも食べやすいから」

三人は手を合わせて同時に「いただきます」をした。

皐月は、まずスープをすすった。

アサリのエキスがよく溶けこんでいる。程よい甘みを含んだ、さっぱりした醬油の奥から潮風が吹きこんできて、鼻を抜けていく。

続いて、麵をすする。

豊かなコシと、なめらかな食感の麵に、スープがしっかりしがみついている。食欲が湧かない朝だって、これが食卓に出てきたらたやすく完食できるだろう。

「貝さんの味がするー！」

ミチルは喜んでくれている。

忘れかけていた幸福感が心に舞い戻ってくるのを、皐月はしっかり感じることができた。

「ミチルが上手にスープを作ってくれたおかげだよ」

青羽の言葉に噓はなかったようだ。ミチルの目分量は天才的だ。

「貝さんのおうどんね、お父さんもよく作ってくれたの」ミチルは小声で言った。「お父さん、スープ作るの下手で、いつも醬油入れ過ぎちゃうの。だからミチルが手伝ってた。お父さん、大丈夫かな……。ひとりでちゃんとおうどん作れてるかな……」

相変わらず、ちょうどいい分量を見極めるのは苦手みたいだよ。そう教えてあげたかった。だけど黙っておいた。いまはまだ、青羽の名前をみだりに出すべきではないと思った。

「できたら、もうちょっと出汁は濃いほうがいいわね」

切子は痛いところを突いてくる。当初は、ミチルだけに振る舞う予定で食材を購入した。だから、うどんを三人分作るとなると、アサリの量は決して十分とはいえない。とうぜん一杯それぞれの出汁は薄くなる。

「でも、おいしいわ」

皐月はちょっと驚いた。切子がこんな素直に「おいしい」と言うなんて、意外だった。

アサリのさっぱりしたダシでうどんを楽しんだ後は、隠し味にごま油を投入する。風味が変わり、一杯で二度楽しめる。香ばしい風味とコクが加わって、どこかホッと一息つけるような味になる。ちなみに、ごま油は蒲郡の特産品「マルホンごま油」を使用した。これも麺と同じで、蒲郡で購入しておいたものだ。

「ごちそうさま」

三人そろって、手を合わせた。

「皐月」

食後、しばらくぼーっとテレビを見ていた切子が、おもむろに口を開いた。

「私はね、毎朝、これよりもっと手のこんだ朝食を作っているわ」

「もちろん知ってる」

皐月は、実家で暮らしていた幼少から高校卒業までの朝食を、走馬灯みたいに思い出す。

スライドが次々と切り替わって、そのすべてにおいしそうな朝食が映っている。

切子は、葉月、皐月、卯月が社会人になるまでは、バリバリのキャリアウーマンだった。帰宅するのはいつも夜遅く、夕飯を一緒に食べるのは稀《まれ》だった。出前や出来物で済ますことも多かった。しかし朝食は、いま思えば驚くほど手のこんだものばかりだった。前日の夜からある程度準備しておいたのだろう。父と切子、皐月と葉月と卯月。家族全員がひとつの食卓に集結する貴重な機会を、切子は全力で盛り上げようと努力してくれていたのだ。当時はそれが当たり前だと思っていた。でも当たり前なんかじゃなかった。いまのいまになって、皐月はほんとうの意味で、それに気づいた。

「だけど」と切子は続けた。「ミチルがこんな笑顔を浮かべるのは、一度も見たことがない」

「え？」

「ミチルは、皐月の作る朝食が、皐月と食べる朝食が、ほんとうに好きなんでしょうね」

切子は、観念したようにため息をついた。それからミチルを見て尋ねた。

「皐月と、また一緒に暮らしたい？」

「うん！」

即答だった。

切子はすこし寂しそうな表情を浮かべたあと、「そう」と言った。

「皐月、ミチルはこう言ってるけど、どうする?」

「そりゃあ、もちろん」皐月は身を乗り出した。「俺もまたミチルと一緒に暮らしたい!」

切子はうなずくと、ゆっくりと腰を上げた。

「私は帰るわ」

「え。もうちょっとゆっくりしていってもいいんじゃない?」

切子は左右に首を振った。

「老兵は死なず、ただ消え去るのみ、よ」

切子は、玄関扉に手をかけたタイミングで「あ、そうそう」と言って振り返った。

「これ、卯月が間違って持って帰っちゃったみたいなの。それで、この前会ったときに『機会があったら返しておいて。あたしが返したら嫌味を言われそうだし』って頼まれて、私が預かってたんだけど」

切子は、かばんから通帳を取り出した。皐月が紛失してしまっていた、みずほ銀行の通帳だ。

「ああ、そうだったのか。ありがとう」

皐月は平然と受け取った。だけど真相には気づいていた。

卯月は間違いなく、わざと通帳を持ち去った。そして切子に手渡したのだ。理由は単純。皐月に金の流れを知られないようにするためだ。切子がこっそりと皐月の口座に入金を繰り返しているのを、知られないように――。

そして、皐月の経済状況を把握するのにも、通帳を使ったのだろう。通帳に記載される残高がまずくなったら、ばれない程度の金額を入金する――それを繰り返していたのだ。

とうぜん切子は、皐月が平日の昼間に銀行窓口に出向けないことを分かっていた。さらに、わざわざ時間を作ってまで通帳を再発行しないことも分かっていた。息子のことはなんでもお見通しだった。

ほんと、素直じゃない人だ。

皐月はため息をついた。

だけど。

「母さん、ありがとう」

皐月は、今度こそ立ち去ろうとする切子の背中に向かって言った。

「……なんのこと？」

切子は玄関扉を開けてから、やや間を置いて言った。

切子が玄関扉をゆっくり閉める。彼女の姿がだんだんと遮られていく。

扉が閉まりきる直前、

「悪かったわ」

切子がそう言ったのを、皐月はたしかに聞いた。

そのひと言は、あらゆる物事に向けられていた。昨夜の出来事に対してだけじゃない。皐月を傷つけた一瞬一瞬を、幼少まで遡《さかのぼ》って掬《すく》い上げ、それらに向かって放たれた言葉だった。

皐月はしばらく、玄関に立ち尽くしていた。

「わー！　久しぶりの皐月くんのお部屋！　ピカチュウただいまー！」

ミチルはピカチュウのぬいぐるみを抱きあげて言った。そしてまたちょろちょろし始めた。

「わー！　せまーい！　きたなーい！」

ミチルは六畳間を動き回り、記憶との間違い探しをするように細部をチェックしている。

「後でお掃除するよ」

「あ、これ」

ミチルは、本棚から文庫本を取り出した。それは皐月のデビュー作だった。

「その本がどうしたの？」

「これ、切子おばさんも持ってたよー」

「え」

「あとこれも、これも……」

ミチルは、本棚から合計五冊の文庫本を抜き出して、畳に並べて見せた。それらは皐月の全著作だった。

「えっと……」とても不条理な現実と直面している気がして、皐月はついつい笑ってしまった。「ほんとに？」

「うん。切子おばさんのお部屋にあった」

皐月はふっとほほ笑んだ。

「ほんと、どこまで素直じゃないんだか……」

ミチルが帰ってきたことは、まず皐月の口からハロルドの耳に。ハロルドの口から薫と悠人の耳に入った。切子の口から卯月の耳にも入った。

「ミチル！　お前、バチカン行ってたってほんとかよ！　お土産よこせ！」

誤情報を振り回してミチルに詰め寄る悠人の表情は、きらきらと輝いていた。ミチルの帰還を心から喜んでいるのが分かる。

「ほんと、よかったです」

薫は涙ぐんで、ミチルの頭を撫《な》でた。薫は、抜け殻同然だった皐月を、よく励ましてくれていた。だからこそ、ミチルの帰還への思いもひとしおだった。

「では、ミチルちゃんおかえりパーティーを始めましょう」

ハロルドはわざわざ『カフェ・ステファニー』の札を「CLOSE」にしてまで、皐月の部屋にやってきてくれた。

「そっすね！　パーッとやりましょう！」

さっそくパッソで激走してきてくれた卯月は、ミチルに頬ずりしながら言った。

ミチルが帰ってきたその日の昼過ぎには、もう皐月の六畳間は人でいっぱいだった。訪問者はみんな食べ物や飲み物を持参してきたので、座卓の上はどんどん華やかになった。

乾杯のため、飲み物がグラスに注がれていく。

そのとき、皐月は着信に気づいた。ポケットの中のアイフォンがぶるぶる震えている。

彼は外に出て、電話に応じた。

「結城です」

「もしもし。海谷です」

相手は、担当編集者の海谷だった。

「お休み中に申し訳ありません」

「いえ、ぜんぜん大丈夫です」

「急な話で申し訳ないのですが」

海谷は語った。近々、有名絵師と作家がコラボして児童書を出す企画がスタートすること。そして、その企画に参加する予定だった作家が一名、病気のため急きょ辞退してしまったこと。

「そこで、その代打を結城さんにお願いできないかなと思いまして」

「え、自分なんかでよろしいのですか？」

「結城さんが見せてくれた、少女が両親と再会するため好き嫌いをなくす物語。あれが、ずっと私の心に引っかかっていましてね。先日、上の者にさりげなく話してみたんです。そしたら好感触で、いつの日か出版できないかと考えるようになりましてね。でも、まさかこんな早く機会が巡ってくるとは思いませんでした」

それから海谷は、皐月の物語を、正式に会議に提出してもいいかを尋ねてきた。

とうぜん皐月はふたつ返事で「ぜひお願いします」と答えた。

電話を切ると、皐月はウキウキ気分で部屋に戻った。

「皐月が遅いから先始めちゃってるよ」

卯月が言った。

すでにみんな、食べたり飲んだりして、大いに盛り上がっている。

「はい。これ、皐月くんの」

ミチルが皐月にグラスを手渡した。

「ありがとう」

「ねぇ、皐月くん」

「なに？」

「ミチルね、もう大丈夫だよ」

「え？」

「ミチルね、もう寂しくない。葉月くんとお母さんはもういないけど、皐月くんと、おじいちゃんとウヅキチお姉ちゃん。薫お姉さんと悠人くんもいるから、もう大丈夫だよ」

「そっか」

皐月はミチルの頭を撫でた。

ミチルはにっこりと笑って、頬に靨《えくぼ》を浮かべた。

皐月は決めた。海谷に提出する予定の、少女の物語を、すこし書き直そうと。

そして、少女の名前を『ミチル』にしようと。

皐月はさっそく、頭の中でダイナブックを開いた。

「――ところで、井戸の底に変なものが見えるのだけど、あれなに？」

元の世界に帰るため、ミチルは井戸に飛びこもうとした。しかし気になるものを見つけたようで、ダイブをいったん取りやめた。

「どれどれ」

天使は井戸の中を覗《のぞ》きこんだ。

「もっと下の方よ。ほら、見えない？」

「んー？　いや、僕にはなにも……」

「もっとちゃんと見てよ」

天使がさらに奥を見ようと、井戸の中に上半身を突っ込んだ瞬間、ミチルは天使の足をすくい上げた。

「うわあ！」

天使は悲鳴をあげて、井戸の中へ落下してしまった。

ミチルは彼のあとを追うように、自分も井戸の中に飛び降りた。

……。

…………。

……………。

目を開けると、ミチルはベッドの上に仰向《あおむ》けで寝転がっていた。部屋は白を基調とした几帳面《きちょうめん》で神経質な雰囲気で、すぐにここが病院の病室だとミチルは分かった。

ミチルの腕には点滴の針が刺さっていて、ベッドの横にはピッピッと規則正しい電子音を奏でる機械が置かれている。

「夢……？」

ミチルは、ついさっきまでいたところの記憶を急速に失っていた。まさに夢みたいに、記憶はすさまじい速度で干上がっていく。

「とても、素敵な夢を見ていた」

内容はもうほとんど思い出せなかったけど、とてもあたたかくて、やさしい夢を見ていたということは、確信をもって言える。

「お目覚めのようだね」

自分しかいないと思っていたミチルは、部屋にとつぜん浮かび上がった声に心底驚いた。

「えっと、先生……？」

それにしては、服装がカジュアルだ。色落ちしたブルージーンズと白いTシャツ姿で患者を診る医者が、果たしているだろうか？

「ずいぶんと無茶をしてくれる」

若い男性はため息をついた。

瞬間、ミチルは記憶をすべて取り戻した。彼女は不敵にほほ笑むと、言った。

「だって、友達って、そういうものでしょ？　天使さんが言ったのよ」

友達とは、一緒に遊んだり、一緒に料理をしたり、一緒にごはんを食べたり、一緒に泣いたり笑ったりする人のこと。たしかに天使はそう言った。

「そうだけど、いきなり人間の世界で暮らすなんてなあ……」

「今度は、わたしが天使さんを助けてあげるから、安心して。心配ごとはなに？　言って言って」

「実を言うとさ」天使は恥ずかしそうに目を泳がせて、頬をぽりぽり掻《か》いた。「人間の世界の食べ物ってさ、けっこう苦手なんだよね。食べられるか心配だよ」

「じゃあ、今度は天使さんが好き嫌いをなくす番ね！」

天使はしばらく黙っていたけど、やがて口を開いた——。

「それでは、ミスター皐月も戻ってきたところで、改めて乾杯といきましょうか」

ハロルドがグラスを掲げて言った。

グラス同士の触れ合う小気味良い音が、部屋に散らばる。

皐月は、グラスのコーラをひと口飲んで、顔をしかめた。

「もしかしてこれ、ゼロカロリー？」

「そうだけど」と卯月が答えた。「なにか問題でも？」

「いや、俺、ゼロカロリーは苦手でさ……」

「皐月くん好き嫌いしてるー！」

ミチルが皐月を指さして笑った。

「そうだね、ごめんごめん」

皐月は頬を掻きながらはにかんだ。そして言った。

「これからもよろしくね、ミチル」

それは、天使の最後のセリフと同じだった。

ミチルと皐月の朝ごはんの冒険

トースト

具材を載せることで栄養満点トーストになるよ。
いろんなアレンジトーストを作ってみよう！

納豆＋ねぎ＋チーズ

和の素材とチーズの相性が、びっくりするくらいイイ！　海苔やおかかなど、いろいろ試してみて。なんでも包み込んでしまうチーズの包容力……見習いたい！

ミチル納豆食べられるよー！
えっへん！

梅干し＋しらす＋チーズ

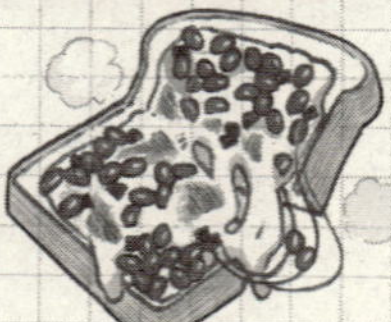

スープ

お出汁も包丁も加熱も必要ない、
簡単お手軽スープは朝の味方！

桜えび＋塩昆布＋三つ葉

スープを飲むと、身体がぽっかぽかになるんだよ！　フーフーして飲むんだ！

塩分も具材で調整できるので、しょっぱくなりすぎないように注意してね。

味噌＋ミニトマト＋バター

おかゆ

さらりとした五分粥の割合は、米1に対して水10。
米1に対して水5にすると、
重湯のないどろっとした全粥ができるよ!

☆裏ワザ☆

炊いたご飯を一晩水につけておく。
↓
そのご飯を翌朝煮る。
↓
ハリのあるおかゆっぽい仕上がりに!

厳密にはおかゆじゃなく、雑炊やおじやになってしまうけれど、急いでいるときはこれもアリ!

おかゆ+卵

おかゆ+ウインナー

おかゆ+鮭

意外にウィンナーが合う!
ウィンナーからいい出汁が出るのかな?

さすがハロルドさん……! 完璧な朝食だ! いつかは俺もミチルにこんな朝食を作ってあげられるようにならなきゃな。

めざすは憧れの……

アイリッシュ・ブレックファースト

アイルランドの伝統的朝食!
ボリュームも栄養も満点な一皿!

わぁ〜ミチルの大好きなソーセージだ! 皐月くん、がんばってー! ソーセージたくさん入れてね!

ミチルと皐月の冒険はつづく……

イラスト/ぷーた、もみじ真魚

あとがき

こんにちは。汐見舜一《しおみしゅんいち》と申します。本作は、朝ごはんがテーマになっています。にもかかわらず、私は朝食を摂《と》らない類《たぐい》の人間でした。仕事に行くぎりぎりまで寝ていたいタイプだったのです。しかし、本作を書いている間に、だんだんと食べるようになっていきました。そしていまでは、毎朝欠かさず（たまに欠かします）朝食を摂る人間になりました。

私はもうかれこれ七年は朝食抜きの生活を続けていたので、この変化は我ながらビックリです。朝食を摂るようになってから、体の中のだるさが消えて、すこしだけ健康になれました。なれた気がします。なれたのかもしれませんし、なれていないのかもしれません。

最後に、かわいい素敵なイラストを描いてくださったぶーた先生。親身にアドバイスをくださった担当編集者様および関係者の皆様。そして本書をお手にとってくださった読者様に、心より感謝申し上げます。これからも、作家としてなんとか生きていけるようがんばります。そのためにも、明日《あした》もしっかり朝食を摂って、活力を得たいと思います。それでは、また会う日まで。

二〇一七年　三月　汐見舜一

富士見L文庫

ひよっこ家族《かぞく》の朝《あさ》ごはん
お父《とう》さんとアサリのうどん

汐見《しおみ》舜一《しゅんいち》

平成29年5月15日　初版発行

発行者　三坂泰二
発　行　株式会社KADOKAWA
〒102-8177　東京都千代田区富士見2-13-3
電話　0570-002-301（ナビダイヤル）

印刷所　旭印刷
製本所　本間製本
装丁者　西村弘美

定価はカバーに表示してあります。

ISBN 978-4-04-072288-7 C0193　　Printed in Japan